KB266616

행복동
복싱클럽

행복동 복싱클럽
(청소년 성장소설 1318 톡톡*Talk*, 회복)

[1318 톡톡Talk®] 시리즈 No.01

지은이 ┃ 권지영
발행인 ┃ 김경아

2026년 3월 27일 1판 1쇄 인쇄
2026년 4월 5일 1판 1쇄 발행

이 책을 만든 사람들
책임 기획 ┃ 김경아
기획 ┃ 김효정

편집장 ┃ 홍종남
북 디자인 ┃ KHJ북디자인
표지 본문 삽화 ┃ 정지란
기획 어시스턴트 ┃ 한선민, 박승아
책임 교정 ┃ 주경숙

종이 및 인쇄 제작 파트너
JPC 정동수 대표, 천일문화사 유재상 실장

펴낸곳 ┃ 행복한나무
출판등록 ┃ 2007년 3월 7일. 제 407-3990000251002007000008호
주소 ┃ 경기 이천시 대월면 사동로 176, 2층 202호
전화 ┃ 02) 322-3856 팩스 ┃ 02) 322-3857
홈페이지 ┃ www.ihappytree.com ┃ bit.ly/happytree2007
도서 문의(출판사 e-mail) ┃ e21chope@daum.net
내용 문의(지은이 e-mail) ┃ apple_3808@naver.com
※ 이 책을 읽다가 궁금한 점이 있을 때는 지은이 e-mail을 이용해 주세요.

행복한
나무
행복동
복싱클럽
| 글 권지영 |

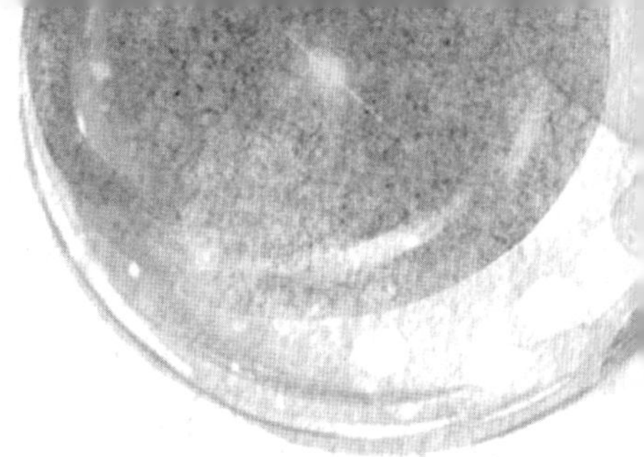

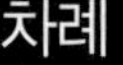

차례

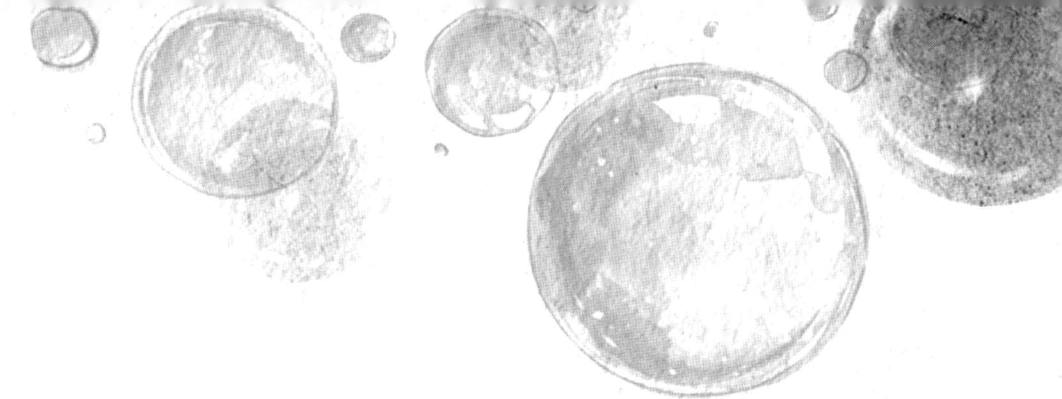

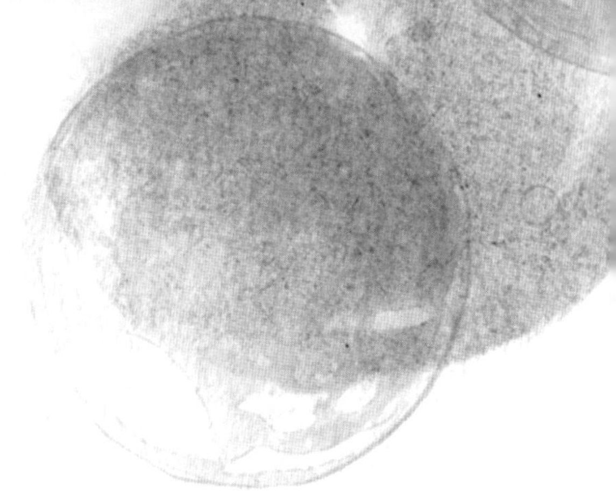

15세 김윤서

새벽 라디오 DJ, 닉네임은 'DJ 새벽숨'. 인정 욕구보다 숨 쉴 구멍이 더 절실한 생존형 의지의 소유자다.

35세 김윤서

복싱이 취미인 체육 선생님. 자신이 다니던 학교에 부임하면서 모든 이야기가 시작된다.

팽지혜

반의 분위기를 장악하는 포식자. 권력 기반이 흔들리다 순식간에 무너지는 불안정한 지배자다.

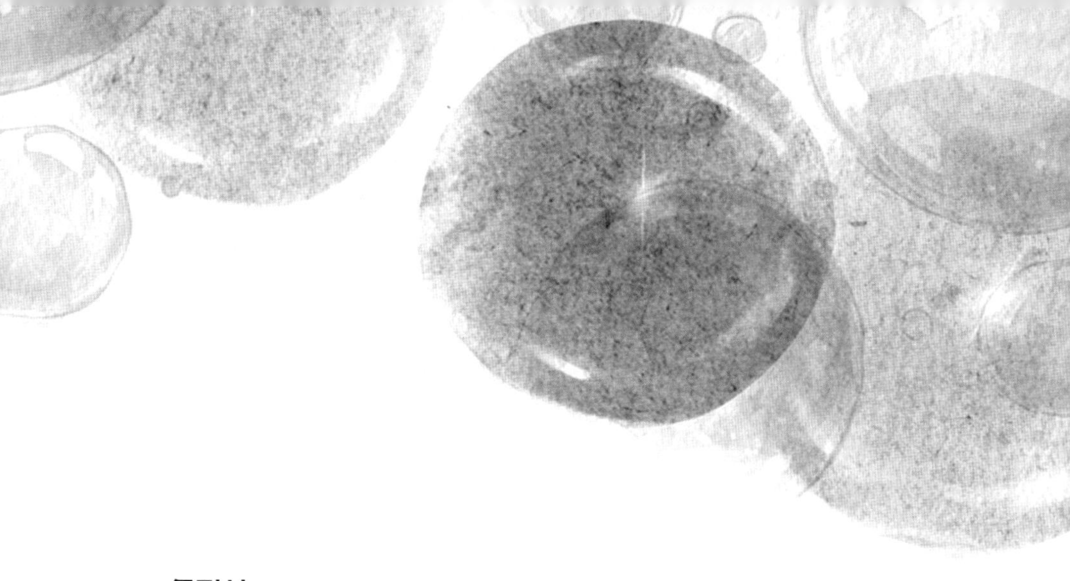

홍진서

강자 옆에 붙어 웃음을 맞추는 '꼬봉 1호'. 더 센 무리를 만나면 스스로 포식자가 되어 절친도 배신하는 기회주의자다.

장미혜

또래에 비해 여리고 순진하며 '규칙'에 기대는 불안을 함께 가진 아이. 솔직함이 무기라서 관계의 애매함을 단번에 정리해 버리는 의외의 결단도 있다.

초코우유

DJ 새벽숨이 진행하는 채널 '감성주파수'의 고정 청취자. 상대를 존중하는 태도가 기본값인 매너남이며, DJ 새벽숨과의 인연이 현실의 관계로 이어진다.

체육관 바닥은 항상 차가웠어요

행복중학교.

이름과 달리 내게 불행한 기억을 남긴 그곳으로 20년 만에 돌아가게 되었다.

"학교 폭력 예방 시범학교라… 인구가 줄어드는 시골 동네니까 가산점도 클 테고…. 윤서 쌤, 여기 학교 지원해 보는 거 어때?"

"네?"

교무실 짝지인 선희 쌤 말에 소스라치게 놀라 짧게 대답했다.

“정년 때까지 일할 거라며? 미혼 교사가 정년까지 평교사로 일하는 거 쉽지 않아. 이 꼴 저 꼴 다 봐야 한다고. 그러니까 미리 가산점 쌓고 승진 준비하는 게 낫지.”

처음에는 불쾌했다. 왜 내가 평생 미혼일 거라고 생각하는 거지? 정년까지 승진하지 않고 평교사로 근무하는 사람 폄하하는 거 아냐? 이 꼴 저 꼴은 무슨, 진짜 오지랖이야!

생각은 그랬지만 그 후 며칠 동안 ‘미혼’과 ‘가산점’과 ‘승진’이라는 단어가 머릿속을 떠나지 않았다. 크게 꼬인 인생 때문에 서른이 넘어서야 교사가 되었다. 연애는 한 번도 못

해봤고, 내 집 마련은 언감생심이다. 나와 같은 학년 담임을 맡은 쉰여섯의 미혼 선생님이 떠올랐다. 건강이 좋지 않아서 담임교사가 아닌 다른 업무를 배정해 달라고 사정했지만, 교감은 모욕에 가까운 말을 하며 기어코 원로교사 대우를 해주지 않았다.

나는 어릴 적부터 행복동에서 나고 자랐다. 하지만 그곳은 내게 소중한 것을 다 빼앗아 갔다. 그래서 십수 년 전 행복동을 떠났다. 다시 그곳으로 돌아가는 결정을 하는 게 내키지 않았다.

그런데 며칠 전부터 이상한 일이 일어났다.

내 일상의 작은 행복 중 하나는 복싱을 끝내고 샤워하면서

라디오를 듣는 것이다. 그날도 여느 날과 마찬가지였다. 체육관에서 운동 중이던 김승윤과 함께 복싱을 한판 하고 돌아왔고, DJ의 잔잔한 목소리를 들으며 반신욕을 하고 있었다. 갑자기 라디오에서 '치익 지지직' 소리가 나더니 곧이어 앳된 소녀의 목소리가 들렸다.

"체육관 바닥은 항상 차가웠어요."

응? 이게 무슨 소리야? 내 샤워 리추얼이 뚝 끊겨버렸다. 잠시 후 다시 원래 DJ 목소리가 들려왔다.

처음엔 일시적으로 다른 주파수가 잡힌 거라고 생각했다. 그런데 같은 일이 며칠간 반복되자 이상한 기분에 사로잡혔다. 하루에 딱 한 문장의 멘트가 똑같은 소녀의 목소리로 전달되었다.

"언젠가 누군가 날… 지켜봐 줄 수도 있다는 거…."

"오늘이 빨리 끝났으면… 좋겠어…."

잡음에 섞여 목소리가 또렷하지 않았다. 마치 말끝이 물에 잠긴 것 같았다. 순간, 어깨가 움찔 떨렸다. 비누가 손에서 미끄러져 바닥으로 떨어졌다. 심장이 한 박자 늦게 뛰었다.

나는 잠시 숨 쉬는 일을 잊었던 듯 멈추었던 숨을 들이마셨다. 그런데 공기가 폐로 들어오지 않는 느낌이 들었다. 대신, 오래된 하루 하나가 몸 안으로 밀려 들어왔다.

체육관 바닥의 차가움.

종이 울리기 전의 정적.

끝나지 않을 것 같던 오후 수업 시간.

누구 목소리인지 알 수 없지만, 몸은 무언가를 기억하고 있었다. 발바닥이 서늘해졌다. 마치 그 하루가 아직 끝나지 않은 장소 위에 내가 서 있어야만 할 것 같았다.

샤워기를 잠갔다. 물이 멎었는데도 물소리가 아직 귓가를 맴도는 듯했다. 아직 끝나지 않은 하루가 어디선가 계속 이어지고 있다는 느낌까지 들었다. 행복동에서 내가 할 일이 남아 있는 듯한 기시감을 떨쳐낼 수 없었다.

다음 날 학교에 출근해 행복중학교로 전보 신청서를 작성했다. 선희 쌤은 잘 생각했다며 내 등을 살짝 두드려주었다.

행복중학교는 내 인생이 꼬이기 시작한 장소다. 정말 잘한 일일까? 머릿속이 혼란스러웠다. 하지만 손이 먼저 저절로 움직였다. 나는 행복동의 부동산 중개업소에 전화를 걸어 집을 알아보고, 짐을 싸기 시작했다.

1

또 김윤서라고?

15세, 김윤서

"또 김윤서라고?"

아이들이 쑥덕대는 소리가 들린다. 나는 엎드려 자는 척한다. 쉬는 시간마다 엎드려 지낸 지 몇 달이 지났다. 허리와 목이 아프다. 별수 없다. 고개를 들면 감당하기가 더 힘들다.

"너희 반 담임 이름이 하필이면 재수 없는 김윤서라고?"

아까보다 더 선명한 크기로 들렸다. 내가 반응할 때까지 반복할 기세다. 보지 않아도 안다. 저 목소리 주인공은 키 165센티미터인 나를 135로 쭈그러트린 팽지혜가 분명하다. 팽지혜와 대화를 주고받는 사람은 만날 분신처럼 붙어 다니는 꼬봉 오은지일 것이다. 오은지는 자기네 반에 친구도 없는지 개학 날 쉬는 시간부터 우리 반에 와 있다.

엎드려 있으니 숨 쉬는 게 답답하다. 고개를 살짝만 돌려 바깥 공기를 들이마신다. 내 시선의 반대편에서 팽지혜와 오은지를 둘러싼 몇몇 아이들이 맞장구치고 있겠지. 그들과 한 패가 된다는 것은 먹잇감이 되지 않는 가장 확실한 방법이다. 본심 따윈 중요하지 않다. 힘의 피라미드 꼭대기에 있는 팽지혜 비위를 건드리지 않고, 한발 더 나아가 그 악마의 마음에 쏙 들면 웬만한 행동은 다 용서된다.

나머지 아이들은 무색무취다. 팽지혜가 나에게 무슨 말을 하든 의견을 내지 않는다. 보통 아이들이라면 충분히 알 만한, '정도'를 넘어선 팽지혜 행동을 못 본 체한다. 누구도 "너 좀 심한 거 아냐?"라고 나서지 않는다. 나머지 아이들은 잘못이 없다. 하지만 나는 가끔 팽지혜 패밀리보다 자기들한테 불똥이 튈까 봐 나를 투명 인간 취급하는 나머지들이 더 싫다. 새로운 학년, 새로운 반이라고 작년과 달라질 거라는 기대는 없다. 작년 언젠가부터 같은 학년 애들 전체가 나를 보면 눈을 피한다. 내게 살가운 사람은 미혜뿐이다.

작년 어느 날, 포식자에게 걸려든 초반이었다. 한 달 만에 짝을 바꾼 날로 기억한다. 중간자, 무색무취 아이들을 나는 이렇게 부르는데, 그들 역시 아직은 나를 전과 다름없이 대했다. 담임은 랜덤 프로그램으로 바꾼 좌석배치표를 화면에 띄웠다. 내 이름 옆에 '장미혜'라고 적혀 있었다. 전부터 미혜는 무슨 이유인지 나만 보면 유독 반가워했다. 미혜가 그날부터 나를 졸졸 따라다녔다.

나를 비아냥거리던 팽지혜한테는 재밌는 놀림거리가 하나 더 생긴 순간이었다. 모자라는 애가 좋아하는 특이한 애. 끼리끼리 잘 논다는 말을 퍼뜨렸고, 그 말을 들은 아이들은 그간의 장애인식 교육에서 배운 '편견' 등의 단어를 잊은 듯 미혜와 나를 한 묶음으로 무시했다. 한번 포식자의 눈 밖에 나면 졸업할 때까지 끝이다.

한동안 나는 미혜가 귀찮고 미웠다. 미혜는 경계선 지능이라고 들었다. 도움반에서 수업을 들어야 할 정도는 아니지만, 또래보다 두세 살쯤 어린 느낌이다. 체격이 작고 귀엽게 생겼다. 그래서 챙겨주고 싶은 게 솔직한 마음이었다. 하지만 저들이 미혜와 나를 묶어 은근히 바보 취급하는 게 속상했다. 그래서 미혜를 피해 다니기도 했다. 고백하자면 미혜를 무시하는 말을 한 적도 있다. 그날 잠들기 전에 반성했다. 아이들에게 당해 속상한 마음을 미혜한테 되돌린 치졸한 행동이었다는 걸 내 양심은 알고 있었으니까.

초등학교 때부터 친한 친구 한두 명만 있었어도 학교 전체 왕따가 되진 않았을 텐데, 중학교 배정부터 운이 없었다. 내가 졸업한 초등학교 대다수는 동아중학교로 배정됐다. 지금 내가 다니는 학교로 배정된 아이들은 열 명 정도. 그마저도 오가며 인사 정도만 해봤거나, 나와 성향이 맞지 않는 아이들이었다. 중학교 1학년 때 절친을 만들기도 전에 팽지혜에게 걸려들었다. 한마디로 나는 '좆됐다'.

하루하루가 검은 터널을 걷는 기분이다. 터널의 끝은 있고, 어둠이 깊으면 곧 해가 뜬다는데 대체 그 해는 언제 뜰 건지. 아직도 중학교 생활이 365일의 두 배나 남았다. 선생님이 들어오시는 소리가 들린다. 나는 쉬는 시간보다 수업 시간이 좋다. 허리를 세우고 공기를 충분히 들이마실 수 있기 때문이다.

교사가 자기소개를 하는데, 썩 관심 가지 않았다. 눈동자를 굴리며 아이들의 뒤통수를 바라보았다. 딱 한 명만 내 친구가 되어 준다면, 같이 급식소에 갈 사람만 있어도 이 터널을 기어서라도 나갈 수 있을 것 같은데. 혹시 내가 먼저 다가오길 기다리는 사람이 있을지 아이들 등 뒤를 뚫어지게 살피며 초능력을 발휘해 본다. 텔레파시가 통하지 않는다. 빨리 집에 갈 시간이 되기만 기다린다.

집에 가면 나는 세이캐스트 감성주파수의 'DJ 새벽숨'이 된다. 전국에 나와 비슷한 취향을 가진 중고등학생이 꽤 있다. 자정이 되면 청취자가 하나둘 늘어간다. 많을 때는 50명 정도 접속하는 날도 있다. DJ 새벽숨으로 활동하는 시간의 나는 정상이다. 아니, 나는 원래 정상이다. 그런데 학교에만 가면 나 자신을 의심하게 된다. 정말로 내가 이상한 애가 된 건지 나조차 헷갈린다. 팽지혜 패밀리와 나는 취향이 다를 뿐이다. 대다수 중학교 2학년과 음악 취향이 다르다는 게 왕따의 이유라니. 그러면 대다수보다 공부를 잘해도, 대다수보다 운동을 잘해도, 독보적으로 예뻐도 왕따를 당할 수 있다는 말이 아닌가.

수업이 귀에 들어오지 않는다. 초등학교 때부터 왕따였던 애들을 한 명 한 명 떠올려 보았다. 왕따 이유는 특별하지 않았다. 한 애는 발표를 자주 한다는 게 이유였다. 다른 애는 말이 없고 반응 속도가 느렸다. 또 어떤 애는 책을 좋아했다. 옷이 늘 더럽고 깔끔하지 않아 놀림의 대상이 된 아이도 있었다. 그리고 나 김윤서는 마이너한 음악 취향과 미혜의 애정 때문에 그들의 먹잇감이 되었다.

생각거리가 다 떨어졌다. 참, 아까 뭐라고 했지? 또 김윤서라고? 오은지가 몇 반이더라? 그 반 담임 이름이 김윤서라는 말?

놀림을 당하다 보니 자신감이 없어져서 학교에서 하는 모든 활동이 위축되었다. 체육 시간에 피구 경기를 한 적이 있다. 체육 선생님은 체육부장인 팽지혜와 차장인 오은지를 두 편으로 나눠 각자가 선수를 한 명씩 선택하는 방식을 제안했다.

"난 예지."

"그럼 난 소희."

이름들이 툭툭 불렸다. 잘 피하는 애, 잘 잡는 애, 잘 던지는 애. 한 명씩 사라질 때마다 체육관 가운데 서 있는 사람이 줄었다. 나는 시선을 어디에 둬야 할지 몰라 바지 주머니에 손을 찌른 채 바닥만 보고 있었다. 원래 나는 피구를 못 하는 편이 아니다. 그런대로 잘 피하고, 공이 다가오면 받아 던지기도 했다. 하지만 애들이 놀리기 시작하면서부터는 내 일거수일투족이 놀림거리가 되었다. 행동이 위축되고, 잘하던 일도 실수했다.

"야, 너."

나를 부른 줄 알고 어느 쪽으로 가야 할지 주춤대고 있을 때였다.

"김윤서 너 말고, 옆에 박하은."

어정쩡한 내 움직임에 반 아이들이 와르르 웃음을 터뜨렸다. 마지막 두 명이 남았다. 나와 미혜였다. 팽지혜가 먼저 선택해야 하는 상황이었다.

"시간 끌지 말고 빨리 정해."

선생님 말끝에 짜증이 섞여 있었다. 팽지혜는 체념한 듯

한숨을 쉬고 말했다.

"야, 그냥 쟤네 둘 같이 가져가."

그러자 오은지가 호들갑을 떨며 손사래 쳤다. 이제 안 되겠다는 듯 선생님이 강제로 나와 미혜를 양쪽 팀으로 갈라 배정했다. 나는 '선택'조차 되지 못하고 그렇게 '처리'되었다.

뭐 이런 에피소드를 이야기하자면 하루가 모자란다. 그런데 옆 반 담임 쌤 이름이 김윤서란다. 그 쌤은 무슨 과목을 맡으실까? 우리 반 수업에도 들어오실까? 놀림거리가 하나 더 늘게 생겼다. 하… 빨리 집에 가고 싶다.

35세, 김윤서

부동산 사장님이 보낸 사진만 보고 계약한 집 주소를 내비게이션에 찍었다. 행복동에는 엄마가 돌아가신 후로 발길을 끊었는데 얼마나 변했을지 궁금했다.

인구가 줄어드는 동네라더니, 과연 십수 년 동안 조금도 발전하지 않은 모습이었다. 아니, 오히려 퇴행한 것 같았다.

집으로 향하는 동안 요즘 시골 읍내에서도 흔히 볼 수 있는 프랜차이즈 카페 하나를 발견하지 못했다.

이 동네에서 몇 년간 살 생각을 하니 가슴에 고구마가 걸린 듯 답답했다. 죽도록 벗어나고 싶었지만, 노력은 하지 않았던 시간이 떠올랐다. 노력하지 않은 게 아니라 노력할 수 없었다. 수영 못 하는 사람이 물에 빠졌을 때 살아 나오려고 노력하지 않는 게 아니다. 노력할 수가 없다. 물이 자꾸 다리를 끌어내리고 숨을 쉴 수 없으니까. 겨우 벗어난 곳으로 다시 돌아온 내 선택을 이제 와 후회한들 누가 안타까워해 주기나 하겠냐고.

내가 행복동에 품고 있는 감정을 설명하려면 과거지사를 되짚어야 한다. 중학교 때 인생이 꼬인 후 암흑 터널 끝에 기다리고 있던 건 햇살이 아니라 또 다른 터널이었다. 나는 고등학교라는 터널을 통과하지 못하고 자퇴했다. 검정고시로 고등학교 졸업장을 따고도 한참 방황했다. 우울증도 앓았다. 나 같은 건 세상에 왜 태어난 건지 부모님을 원망했다. 아무것도 하고 싶지 않은 날들의 연속이었다. 방구석에 처박혀 엄마가 암으로 고생하는 줄도 모른 채 청춘을 갉아먹었다.

엄마는 항암치료도 받아보지 못하고 돌아가셨다. 못난 딸의 우울증을 돌보느라 자기 몸은 살피지 못했고, 몸속에 암세포가 퍼진 걸 늦게 아셨다. 나 때문이라며 시든 엄마를 끌어안고 울었다. 그때 엄마가 해준 말 한마디가 아니었다면 나는 자책감에 지금까지 살아내지 못했을 것이다.

"네가 이렇게 사는 게 왜 너 때문이야? 너는 잘못 없어. 너를 이 지경으로 만든 개들 잘못이지. 윤서야, 엄마는 너 때문에 아픈 거 아니야. 제때 건강검진 받으러 가지 않은 엄마 탓이야. 그러니 잘 살아야 해. 계속 지금처럼 살면 엄마는 하늘에서도 편하게 못 지내. 알겠지?"

어리석은 사람은 소중한 걸 잃고 나서야 소중한 것의 소중함을 알게 된다. 엄마가 떠나고 나서야 나는 나 자신의 소중함을 알게 되었다. 엄마의 건강과 바꿔 살아남은 나였다. 100세 인생을 24시간에 꿰맞췄을 때, 당시 내 인생 시계는 새벽 다섯 시를 조금 넘겼을 뿐이었다. 아직 대부분이 곤히 잠든 시간이었다. 인생을 다시 세우기에 충분한 시간이 남아 있었다.

내 발로 상담센터 문을 열었다. 그리고 상담 선생님의 추

천으로 복싱 세계에 입문했다. 상담 선생님 남편이 운영하는 체육관이었다. 지금 생각해 보면 남편의 수입을 늘리려는 꼼수였던 것 같다.

운동을 잘하지 못한다고 생각했다. 제대로 배워본 적도 없었다. 하지만 나는 체육관에서 평생 모르고 살 뻔한 나의 재능을 발견했다. 근력, 지구력, 심폐지구력, 순발력, 유연성 등 복싱을 잘하는 데 필요한 모든 능력이 좋았다. 관장님은 나를 프로 선수로 키울 생각까지 하셨다.

복싱 덕분에 오랜 시간 바닥에서 올라오지 못한 자존감이 서서히 살아나기 시작했다. 단계적으로 몸을 사용하는 기술이 늘어나니 성취감이 들었다. 초등학교 졸업 후 처음 느껴보는 자아 효능감이었다. 운동 후에 엔도르핀이 돌아 활력이 생기고 밤에 잠도 잘 왔다. 오랜 불면증의 해결책은 운동이었다. 밤에 잠을 잘 자니 식욕이 좋아져 살이 붙었다. 운동하고, 잘 먹고, 잘 자는 하루하루가 반복되면서 저절로 튼튼한 신체를 가진 건강한 청년이 되어 갔다.

마치 고시 공부하는 학생처럼 매일 몸을 움직였더니 스파링에 오를 실력까지 되었다. 상대방과 맞설 때마다 나를 괴롭히던 녀석들을 떠올렸다. 건강한 방법으로 분노가 조금씩 해소되었다. 아마추어 선수로 데뷔한 첫 경기에서의 승리 이후 나는 완전히 다른 사람이 되었다.

어느 날, 후드 점퍼를 입고 체육관에 가다가 그 애와 마주쳤다. 이어폰을 낀 채 걷고 뛰는 걸 반복하면서 중간중간 잽을 날리며 섀도복싱을 하는 중이었다. 사람들이 나를 어떻게 보든 상관없었다. 틈만 나면 다음 출전 경기를 위한 시뮬레이션을 머릿속으로 그리던 때라서 그 애가 바짝 다가온 줄도 모르고 잽을 날렸다. 그 애는 겁을 먹고 뒤로 물러났다. "앗, 죄송합니다" 하며 고개를 드니 그 애였다. 몇 초 동안 그 눈을 바라보았다. 경기할 때 내 눈에서 뿜어져 나온다는, 체육관 동생들이 말하던 뜨거운 에너지가 내게도 느껴졌다. 그 애는 주춤거리더니 뒤로 돌아 빠른 걸음으로 사라졌다. 나는 깨달았다, 내가 악마의 손길에서 완전히 벗어났다는 것을.

관장님은 내게 선수의 길을 권하셨다. 하지만 나는 아빠에게 설득당해 사범대 체육교육과에 입학했다. 늦깎이 대학 생활과 임용고시 재수를 거쳐 서른둘에 교직을 시작했다. 그 나이 먹도록 나는 연애 한 번 못 해봤고, 편의점 아르바이트로 용돈을 벌어본 것 말고는 제대로 된 경제 활동도 없이 아빠의 수입을 축내며 살았다. 교사가 된 후에는 월급의 절반을 저축하며, 이제부터라도 아빠에게 의존하지 않고 내 힘으로 살아보리라 다짐했다.

월급의 절반을 모으는 건 쉬웠다. 돈 쓸 일이 없었기 때문이다. 모태 솔로인 데다가 고등학교를 자퇴하며 끊긴 교우 관계 덕분에 만날 사람이 없었다. 교직 일에 적응한 초반 3년 동안은 담임을 맡은 반 아이들을 애인으로 여기며 온 정성을 쏟았다.

그러다 불현듯 현실을 자각했다. 아이들은 1년 뒤면 떠난다. 나는 이제 30대 중반이다. 결혼해서 남편과 만들어 갈 미래를 꿈꾸지만, 그 미래가 오지 않을 수도 있다. 퇴직을 앞둔 옆자리 김선희 선생님의 조언도 영향을 주었다. 결혼 안 할 거면 승진 준비를 하라고. 연차가 쌓일수록 일을 그만두고 싶은 욕구가 목구멍까지 치밀 때가 있다. 경제생활을 하는 배우자가 있다면 조기 퇴직을 고려할 수 있지만, 그렇지 않다면 승진이라는 퇴로밖에 없다는 생각을 하지 않을 수 없다. 그래서 지금 여기에 와 있는 것이다.

낯선 원룸에서 하룻밤을 잤다. 행복중학교, 불행한 기억만 남은 그곳으로 학생이 아닌 교사가 되어 돌아간다. 나처럼 정해진 길을 밟지 않고 샛길로 빠져 흙탕물에 운동화가 흠뻑 젖은 아이, 막다른 길에서 돌아 나오기보다 새로운 길을 만들어 가는 아이를 돕고 싶었다. '나는 평범한 교사이길 거부한다'라는 생각을 보여주는 방법으로 옷차림은 좋은 수단이었다.

교사가 된 후 나는 평범한 것에서 벗어나려 노력했다. 일부러 반항하듯 규정을 멀리하려고 애썼다. 그래, 나는 이제 열다섯 살이 아니라 서른다섯이다. 어깨 쫙 펴고 출근하는 거다. 금의환향은 아니라도 첫 출근룩은 중요하지.

상의는 크롭 기장의 바람막이를 골랐다. 광택이 거의 없는 나일론 소재로 검정도 회색도 아닌, 빛에 따라 어두워졌다가 옅어지는 차콜 재킷의 지퍼를 끝까지 올렸다. 안에는 딱 붙는 스포츠 탱크톱을 입었다. 노출은 없지만 어깨선이 드러나는 옷차림이다. 하지만 이 정도면 "체육 선생님이라 역시 옷태가 좀 다르네"라며 별다른 설명 없이 통과될 것이다. 하의는 스트레이트 핏의 카고 팬츠다. 헐렁하지만 흐느적거리지 않고, 무릎에 주름이 생겨도 상관없는 바지다. 신발은 언제라도 운동장으로 뛰어나갈 수 있는 야광 연두색 러닝화다. 얼마 전 자른 단발머리를 헤어스타일링 기구로 다듬었다. 크로스 슬링백 안에는 글러브와 텀블러 하나를 넣었다. 가방을 메고 집을 나섰다.

교문을 통과할 때 나를 바라보는 학생들과 학생생활지도부 부장 선생님의 시선이 느껴졌다. 나는 그들이 속으로 무슨 생각을 하는지 짐작할 수 있었다. 의식적으로 어깨를 더 활짝 폈다. 아직 링에서 내려오지 않은 사람처럼 긴장을 늦추지 않았다.

교무실 풍경이 20년 전과 별반 다르지 않았다. 요즘은 좀처럼 보기 힘든 큰 규모의 교무실에 모든 교사의 책상이 꽉 들어차 있다. 내 자리는 교감 선생님 옆인 데다가 출입문까지 등졌다. 오가는 모든 사람이 내 모니터를 볼 수 있다는 뜻이다. 근무 시간 중 절반은 체육관에 상주할 테니 그나마 다행이었다.

올해 담임을 맡은 2학년은 한 반에 20명씩 4개 학급이었다. 20년 전에는 35명씩 7개 학급이었다. 인구 감소를 쉽게

체감할 수 있었다. 교무실 선생님들께 인사드리고 물 한 잔 마시며 숨을 고르니 1교시 수업을 알리는 종이 울렸다. 담임을 맡은 2학년 3반에 들어섰다. 중학교 2학년 여학생들답게 호기심과 기대감에 싸인 40개의 눈동자가 나를 향했다. 칠판에 내 이름을 한 글자 한 글자 꾹꾹 눌러썼다.

순간 반 아이들이 와르르 웃음을 터뜨렸다. 몇몇 아이는 손바닥으로 책상을 치며 웃어댔다. 판서할 일이 없는 과목이다 보니 칠판 글씨체가 엉망이라 그런가. 웃음이 잦아들 무렵 한 아이가 큰 소리로 말했다.

"쌤 이름, 진짜 김윤서예요? 옆 반에도 김윤서 있어요."

그러자 누군가 돌림노래 같은 노래를 흥얼거렸다.

"김윤서 이윤서 박윤서 인디언, 장미혜 이미혜 강미혜 인디언."

이 노래는… 어디서 들어본 적이 있는데? 하루 종일 이상한 기분 속을 붕붕 떠다녔다. 그렇게 개학 첫날이 저물었다.

#15세, 김윤서

"오늘 어땠어? 친구는 사귀었어?"

"몰라."

"간식 뭐 먹을래?"

"됐어. 배 안 고파."

방문을 쾅 닫고 내 방으로 들어왔다. 엄마는 작년부터 내가 친구 문제로 힘들어하는 것을 안다. 엄마가 담임 선생님께 한 번 찾아갔었는데도, 아이들의 행동은 달라지지 않았다. 팽지혜가 나와 2학년 때 같은 반이 된 것만 봐도 알 수 있다. 학교는 나 하나 왕따당하는 것쯤은 관심 없다. 왕따 하나 없는 중학교가 어디에 있겠냐는 듯. 그렇다고 담임 쌤이 왕따에게 억지로 친구를 만들어 줄 수도 없는 노릇이긴 하다.

하지만 적어도 팽지혜와 나를 다른 반에 배정해 주는 노력 정도는 할 수 있는 거 아닌가? 1년을 어떻게 버틸지 막막하다. 괜히 집에 오면 하루 동안 억누른 분노를 엄마한테 표출한다. 엄마는 내 짜증받이가 되어 간다. 너무 죄송하다. 그러면 안 되는 줄 알지만 감정 조절이 안 된다.

방문을 걸어 잠그고 오늘의 플레이리스트를 선별했다. 새 학기 시작의 스트레스를 날리고, 갑갑한 내 마음을 위로해 줄 곡을 찾아 멘트를 정리했다. 저녁밥만 먹고 방으로 기어 들어 와 짧은 잠을 잤다. 자정부터 시작되는 음악방송을 위한 에너지 축적 활동이다.

11시 59분 57초, 58초, 59초, 12시!

배경 음악을 깔고 방송을 시작했다.

"안녕하세요. DJ 새벽숨의 감성주파수입니다. 여러분의 어제 하루는 어떠셨나요? 저는 어제 새 학년, 새 학급을 만났는데요. 하루 종일 갑갑해서 숨이 잘 쉬어지지 않았어요. 대한민국 청소년의 학교생활이 다 그렇다고 하지만, 개학 날과 방학식 날 우리 기분은 천지 차이잖아요? 오늘은 개학 날 지치고 일이 뜻대로 풀리지 않았을 여러분을 위해 선별한 플레이리스트로 준비했어요. 첫 곡은 S.E.S의 '달리기'입니다."

첫 멘트가 제일 어렵다. 시작만 잘하면 다음부터는 그런대로 술술 풀린다. 하나둘 늘어가는 접속자의 아이디가 눈에 들어왔다. 음악이 나가는 동안 채팅창에 인사말을 남겼다. 오늘도 초코우유 님이 보였다. 가끔 대여섯 명쯤 접속하는 날도 있는데, 그런 날이면 어김없이 초코우유 님이 자리를 지키고 계신다. 수호천사의 응원을 받는 기분이다. 내가 듣고 싶은 노래를 누군가가 함께 듣고 공감하는 기분 때문에 음악방송을 계속하는 것 같다. 그 한 시간 동안 좋아하는 노래와 청취자들한테 받은 에너지로 나머지 23시간을 살아간다.

"S.E.S의 '달리기'는 사실 제 주제곡 같은 노래예요. 즐겨 듣는 건 아니지만, 가사가 제 이야기 같거든요. 여러분에게 그런 노래는 무엇인가요? 채팅창에 남겨주세요."

나는 초코우유 님의 주제곡을 메모했다. 적당한 타이밍에 깜짝선물처럼 들려주고 싶었다. 이어서 이소라의 '바람이 분다', 이적의 '하늘을 달리다', 거미의 '친구라도 될 걸 그랬어'를 재생했다.

어느덧 새벽 한 시가 되었다. 마무리 멘트를 남길 시간이었다.

"가끔은요. 어디선가 누군가가 나를 대신해 오늘을 버텨주고 있는 것 같을 때가 있어요. 그게 누군지는 모르겠지만요. 터널의 끝은 안 보이지만, 오늘 제가 들려드린 노래가 여러분의 터널에 손전등이 되었으면 좋겠어요. 우리는 언젠가 이 시절을 떠올리며 웃을 수 있을 거예요. 수고한 여러분, 굿 나잇! 지금까지 DJ 새벽숨이었습니다.”

컴퓨터를 껐다. 마지막 멘트 중간에 잠깐 잡음이 섞인 것 같았는데 내 목소리가 제대로 나갔는지는 알 수 없었다.

방송 후 잠을 자려고 침대에 누우면 한 시간쯤 뒤척인다. 새벽 두 시쯤 잠들어 아침 일곱 시에 일어나려니 괴로울 수밖에 없다. 쉬는 시간마다 엎드려 자려면 졸려야 한다. 졸리지도 않은데 엎드려 있으려면 좀이 쑤신다. 그러니 밤잠을 대충 자는 편이 낫다. 학교에서 자주 자니 밤에 잠이 안 온다. 악순환이다.

하필 첫 교시부터 체육이다. 다른 수업이면 턱을 괴고 졸기라도 할 텐데, 체육 수업은 별수 없이 무거운 몸을 움직여야 한다. 번호순으로 열을 맞춰 체육관 바닥에 앉았다. 저쪽에서 김윤서 선생님이 걸어오셨다. 출석부를 펼쳐 번호순으로 이름과 얼굴을 대조했다. 외우지도 못할 거면서 선생님들은 꼭 첫 시간에 저런 행동을 한다.

내 순서가 다가왔다. 아이들이 어떤 표정일지 알 것 같아 고개를 들 수 없었다. 제발 그냥 내 이름을 대충 부르고 지나쳤으면 좋겠는데, 김윤서 쌤은 '예쁜'이라는 단어까지 썼다. 예쁜 것과는 거리가 멀고도 험한 나는 홍당무처럼 빨개진 얼굴을 들 수밖에 없었다.

쌤과 내 눈이 마주친 순간, 이상한 기분이 들었다. 살면서 한 번도 겪어본 적 없는 느낌이라 어떻게 표현해야 할지 모르겠다. 분명 처음 보는 사람이다. 그런데 예전에 만난 적이 있는 것 같다. 꿈에서 본 것 같기도 하고. 데자뷔 현상이 이런 건가?

눈을 마주친 다음부터 김윤서 쌤이 이상해 보였다. 당황하는 것 같은데 얼굴이 허옇게 질린 것 같기도 하고, 아픈 것 같기도 했다. 그러든가 말든가 무슨 상관이람. 체육 시간은 시키는 게 많아 시간이 느리게 흐른다. 오늘은 무언가에 홀린 듯 시간이 빨리 흘러 다행이었다.

교실로 돌아왔다. 체육부장을 자처한 팽지혜가 체육복을 갈아입으며 말했다.

"김윤서 수업에는 체육부장도 김윤서가 해야 하는 건

가? 김윤서, 네가 할래? 김윤서한테 가서 말할까?"

나는 대꾸할 말이 없어 체육복을 정리하고 물을 마시며 딴 청을 피웠다. 옆 반인 오은지를 대신해 우리 반의 팽지혜 꼬봉 1호가 된 홍진서가 대답했다.

"체육 잘하는 사람이 체육부장을 하는 게 당연하잖아? 체육 못하는 애가 체육부장하면 반 전체가 괴로워."

홍진서의 말에 다른 애들도 동의한다는 반응이었다. 그 말에는 나도 같은 생각이다. '50미터 달리기 최고 기록이 12초인 내가 무슨? 피구 호루라기가 울리면 상대편 공에 맞고 밖으로 나가 수비수 되는 게 제일 속 편한 내가? 이단 줄넘기 한 개도 못 하는데?'

시간표를 찾아보았다. 체육 수업이 일주일에 두 번이나 들어 있다. 하아… 땅으로 꺼졌으면 좋겠다.

35세, 김윤서

개학 날은 여기저기 뛰어다니며 새 학급 정비에 힘을 쏟았다. 원룸 반경 자차 20분 거리 안에 카페가 없었다. 카페인 수혈이 시급해 새벽 배송 사이트에서 원두를 주문하려고 장바구니에 담았다. 주소를 입력했다. 배송 불가 지역이라는 메시지가 떴다. 오, 마이 갓! 여기가 그 정도 시골은 아닌데, 왜 배송이 안 되는 건지 이해할 수 없었다.

커피는 일주일만 참기로 했다. 주말에 본가 갔을 때 즐겨 가는 카페의 원두를 대량으로 사 오기로 마음을 고쳐먹었다. 대형 상점도 보이지 않고, 편의점도 마찬가지라서 식재료도 사 와야 할 판이다. 동네가 이렇게 쇠퇴할 동안 주민들은 왜 손을 놓고 있었는지, 고개가 절레절레 흔들어졌다. 이 동네의 급지 점수가 높은 이유를 알 것 같았다. 아무튼, 당분간 아빠가 챙겨주신 밑반찬과 김, 즉석 카레와 국 따위로 끼니를 해결해야겠다.

이전에는 남자학교에서 근무했었다. 남자애들은 첫 교시고 5교시고 활력이 넘쳤다. 특히 점심 식사 후 수업 땐 이미 운동장에서 땀을 한 바가지 흘리고 쉰내를 풀풀 풍기며 체육관에 들어왔다. 복싱하면서 땀 냄새에 익숙해졌지만, 호르몬 분비가 왕성한 사춘기 남자아이 무리에서 나는 땀 냄새는 격이 다르다. 여차여차한 사정으로 시간표가 교체되면 아이들에게 엄청난 원망을 들었다. 체육 수업 교체 보강은 두 배로 해줘야 한다며.

"얘들아, 수업 두 배로 한다고 월급을 더 주는 것도 아닌데, 내 수고에 대한 보상은 어디서 받니?" 하면 아이들은 이렇게 응수했다.

"수학 수업을 체육으로 교체해 주세요. 그다음에 쌤은 우리 옆에 앉아 계시기만 하면 돼요."

여자애들은 움직이는 모양새부터 남자애들과 달랐다. 도살장에 끌려가는 소처럼 무거운 다리를 힘겹게 움직이며 체육관으로 왔다. 준비 운동도 흐느적흐느적. 어제는 개학 날이라 그러려니 하고 넘겼는데, 오늘 첫 수업을 하러 온 2학년 2반 아이들의 다리 무게도 다르지 않다.

체육부장을 뽑지 않았기 때문에 반장이 인원 점검을 하고 인사했다. 아이들이 키득거리는 소리가 들렸다. 아, 김윤서라는 애가 2반이랬지. 유치한 중딩들 같으니라고.

아이들 이름을 한 명 한 명 부르며 눈을 마주쳤다. 1번, 2

번 번호가 더해질수록 아이들은 참아온 무언가를 터뜨리기 직전의 얼굴이 되어 갔다. '어떤 반응을 보이려는지 이미 알고 있어. 재미없으니까 그만하시지'라고 생각하며 이름이 같은 아이를 찾았다.

"6번 김윤서."

고개를 푹 숙이고 어깨를 한껏 웅크린 아이였다. 손을 든 건지 만 건지 모호한 높이였다.

"김윤서 어디 있지? 선생님과 똑같은 이름을 가진 '예쁜' 녀석이 누구인지 제대로 보고 싶은데?"

몇몇이 야유를 보냈다. 어제, 담임을 맡은 반 아이들과 비슷하게 손으로 체육관 바닥을 두드리는 아이, 드러눕기 직전의 자세로 배꼽을 잡고 웃는 아이도 있었다. 그러든가 말든가 나는 고개를 들 때까지 김윤서를 응시할 작정이었다.

내가 웃는 아이들에게 반응하지 않고, 아무 말 없이 김윤서를 바라본 지 10초 정도의 시간이 흐르자 체육관이 조용해졌다. 이제 그 놀이가 별로 재미있지 않은 것일 테다. 나는 다시 조용히 김윤서의 이름을 불렀다. 김윤서가 고개를 들었다.

순간 체육관 바닥이 한 바퀴 빙그르르 돌았다. 우우우웅

하는 이명이 들렸다. 내가 서 있는 곳이 어디인지, 무엇을 하기 위해 여기에 있는 건지 두뇌 활동이 정지된 듯했다. 내가 왜 이러지? 나만 빼고 시간이 멈춘 듯 아이들의 표정과 움직임이 느려지다가 멈췄다.

어디서 많이 본 얼굴이었다. 낯익다. 낯익다는 말로 모자란다. 뭐지? 쟤 대체 뭐야? 아이들에게 양해를 구하고 화장실로 갔다. 얼굴에 핏기가 없었다. 차가운 물로 세수하고 체육관으로 돌아갔다.

어떻게 한 시간이 흘렀는지 모르겠다. 체육부장을 뽑았고, 준비한 수업을 순서대로 하긴 한 것 같다. 아이들이 나를 이상한 눈으로 보는 느낌은 없었다. 하지만 수업 내내 내 시선은 김윤서만 따라갔다. 머리를 흔들고 수업에 집중하려 했지만, 자꾸만 그 애한테 눈길이 갔다.

다음 시간은 공강이었다. 무릇 중학교 담임교사라면 3월 한 달은 눈썹을 휘날리며 바쁘게 뛰어다니기 마련이다. 한 시간의 공강을 날리면 칼퇴근이 물 건너간다. 칼퇴근하지 못하면 '루저'가 된 것 같다. 칼퇴근해야 운동을 할 수 있는 것이다. 그러니 나는 그 한 시간의 공강을 어영부영 보내면 안되는 거였다. 하지만 오늘은 첫 교시 수업에서 받은 이유 모를 타격감을 해결해야 했다.

김윤서와 눈을 마주친 그때부터였다. 시공간이 뒤틀린 듯한, 생전 처음 경험하는 이상한 감각 때문에 지금도 속이 울렁거린다. 초면이 아니었다. 단지 우연의 일치로 이름만 같은 인연이 아닌 것 같았다. 눈을 감고 기억을 더듬어 보았다. 한참 생각 속에서 헤맸다. 2교시가 끝나는 종소리와 함께 자리에서 벌떡 일어났다. 어제부터 나를 감싸고 있던 기시감의 정체를 알 것 같았다.

나는 교무실로 달려갔다. 허투루 보았던 교무실 풍경을 하나하나 뜯어보며 살폈다. 시설이 오래된 건 줄 알았는데, 자세히 보니 예전에 유행한 사무용 가구 디자인이었다. 선이 주렁주렁 달린 키보드와 마우스가 눈에 들어왔다. 컴퓨터를 켰다.

모니터에 'Windows XP'라는 글자가 떴다. 느릿느릿 부팅된 컴퓨터에서 인터넷 접속 창을 열어 나이스에 접속했다. 교육부에서 발급받은 인증서로 로그인했다. 나이스 화면 상단의 숫자가 이상했다. 2026년이 아니라 2006년이었다. 벌써 노안이 온 건가. 숫자 2가 0으로 보인다면 심각한 건데?

교무실 한쪽 벽면 칠판에는 학급별 담임교사와 부담임 교사 이름, 학생 수가 적혀 있고, 이번 달 주요 일정이 나와 있다. 그곳에 가까이 다가가 살폈다. 2006! 2006년이었다.

이게 대체 어떻게 된 거지? 어제 술도 안 마셨는데 내가 왜 이러는 거지? 학생생활부장님께 지금이 몇 년도냐고 물었다. 부장님은 호주머니에서 휴대전화를 꺼내 날짜를 확인하셨다. 이상한 질문인데도 별다른 반응 없이 담백하게 대답해 주셨다. 2006년이라고. 다시 물었다.

"2026년이 아니라 2006년이라고요?"

"김 선생, 나 빨리 퇴직시키고 싶어?"

사람 좋은 너털웃음을 짓는 그의 손에 들린 조그만 휴대전화기가 눈에 들어왔다. 모토로라였다. 중학교 시절 나의 첫 휴대전화를 이제야 알아본 것이다.

점심시간에 먼발치에서 급식을 먹는 김윤서를 훔쳐보았다. 혼자 동떨어져 있는 건 아니지만, 김윤서는 외딴섬처럼 보였다. 귀에는 이어폰을 꽂고 있다. 검은 줄을 따라 내려가면 교복 치마 주머니에 MP3가 들어 있을 것이다. 아마 김윤서는 당대 최고 보컬리스트의 노래만 선별해서 MP3 용량에 꽉 채워 넣고 반복해서 들을 것이다. 입은 밥을 씹고 있지만, 신경은 외부를 향해 열려 있는 것도 다 안다. 가끔 소화가 잘 안 돼 명치가 꽉 막힐 거였다. 집에 가서 소화제를 먹어야 체기가 내려가는 날도 있고, 그래도 해소되지 않을 땐 엄마가 손가락 끝을 실로 동여매 피가 통하지 않게 한 다음, 손톱과 손가락 살이 만나는 지점을 바늘로 툭 찔러 검은 피를 빼기도 할 거다. 나는 안다, 너를. 너는… 너는 20년 전의 나, 김윤서다.

행복동으로 올 때부터 이상했다. 논리적으로 설명할 순 없지만 오감이 그렇게 느끼고 있었다. 시간 여행 소설을 많이 읽었는데, 어떤 스토리든 주인공이 시간 여행을 하게 되면서 뒤틀린 시공간이 나오는 부분은 개연성이 떨어졌다. 왜, 무슨 이유로, 어떤 인과관계에 따라 그렇게 되었는지 명료하게 설명되진 않지만 흥미로웠다. '재밌으면 됐지. 치밀한 개연성까지 갖출 필요가 있을까?'라고 생각했다.

직접 겪어보니 시간 여행은 정말 개연성이 없다. 어느 순간, 나도 모르게 일어나는 일이었다. 게다가 나는 지금 2026년의 아빠와 전화 통화도 할 수 있다. 2026년의 온라인 플랫폼에서 물품 주문도 가능하다. '아, 그래서 배송 불가능 지역이라는 메시지가 뜬 거로구나.' 내 휴대전화는 5G다. AI 앱도 구동된다. 선생님들 앞에서 휴대전화를 꺼내면 안 될 것 같다. 내가 미래에서 온 걸 알면 얼마나 놀랄지, 챗GPT로 검색하는 걸 보면 뒤로 나자빠질 선생님들의 표정이 그려진다. 재미있을 것 같지만, 이 세계의 사람들을 너무 놀라게 하면 안 될 것 같다. 그동안 내가 읽은 시간 여행 소설의 원칙이 그러했다. 여행 온 세계의 생태계를 교란하면 징벌이 기다리고 있었다.

나는 왜 20년 전으로 온 걸까? 그나저나 20년 전의 나는, 20년 후의 나를 알아보지 못한다. 김윤서, 너 왜 나를 못 알아봐? 성형 수술도 안 했는데? 머리가 뒤죽박죽, 배가 고픈 줄도 모르겠다. 아빠한테 전화해서 얘기해 볼까? 이내 고개를 내저었다. 안 되겠다. 일단 맥주를 마시고 잠을 좀 청해야겠다. 머리가 아파 견딜 수 없는 밤이다.

2
너 자신을 믿어

15세, 김윤서

팽지혜는 가끔 부지런하다. 나도 오늘 일찍 왔는데, 팽지혜는 자기 패밀리 애들과 벌써 와 있다. 나는 저들을 부지런하게 만드는 원동력이 무엇인지 안다. 2학년 교실은 별관 쪽에 떨어져 있어서 선생님들의 눈이 잘 닿지 않는다. 이른 아침, 부모님과 선생님들의 눈을 피해 별관 화장실에서 담배를 피우는 거다. 교실에 들어오니 담배 냄새가 훅 끼쳤다. 벌써 끝내고 오셨군. 나는 가방을 의자 뒤에 걸고 곧바로 엎드렸다.

"나 어제 드디어 들었잖아."

"뭘?"

주고받는 목소리가 팽지혜와 홍진서다. 시작하는 말만으로도 뒤에 어떤 종류의 이야기가 펼쳐질지 알 것 같다. 나를 놀리는 이야기가 이어질 것이다. 괜히 일찍 왔다. 다시 잠들면 지각할 것 같아서 눈이 떠졌을 때 학교로 온 나를 원망했다.

"DJ 새벽숨 방송 말이야."

홍진서가 어제 방송을 들었다고? 낯선 닉네임이 하나 보였는데, 그게 홍진서였어? 집에 가면 클럽에 공지글을 올려야겠다. 청취자를 한 명이라도 늘려보려고 공개 방송으로 바꿨는데, 후회해 봤자 이미 늦었다. 귀를 틀어막고 싶다.

"쟤가 우리 동방신기 오빠들 노래 깠어."

응? 내가? 무슨 소리야? 이어 흥분한 팽지혜 목소리가 들렸다.

"제까짓 게 뭐라고 DJ라면서 지랄하는 꼴도 못 봐주겠는데. 구리고 지루한 노래만 틀면서, 꼭 저처럼 찐따 같은 애들이 모인 곳에서 우리 오빠들을 깠다고?"

씩씩대는 목소리가 점점 가까이 다가왔다.

"야, DJ 숨, 너 일어나 봐."

묵직한 손이 내 뒤통수를 쳤다. 나는 아무것도 못 들은 척하며 고개를 들었다.

"너 어제 방송에서 우리 오빠들에 대해 뭐라고 말한 거야?"

난 모르겠다. 그런 말을 한 기억이 없다. 나는 입에 접착제를 바른 듯 꾹 다물고 열지 않았다.

"야, 감성주파수에서는 아이돌 노래 같은 건 안 튼다며? 내가 동방신기 'Hug' 틀어 달라고 하니까 네가 그렇게 말했잖아."

아! 기억났다. 그 요청이라면 닉네임이 별빛천사인가 뭔가라던 사람이다. 감성주파수는 국내 보컬리스트의 음악을 선별해 방송한다. 아이돌 음악은 내 방송 콘셉트에 맞지 않는다. 대체 그게 뭐가 문제란 말이야?

팽지혜는 이제야 상황을 파악했다는 듯 나를 향해 비릿한 웃음을 보내고는 교실 컴퓨터 쪽으로 다가갔다.

"애들아, 찐따 방송 이야기 같은 건 하지 말고, 오빠들 노래나 듣자."

곧 교실이 떠나갈 듯 큰 소리로 노래가 재생되었다. 'Hug' 부터 시작해서 'The way you are'가 울려 퍼졌다. 이후 교실에 도착한 아이들은 미리 왔던 아이들이 재생한 신화의 'Brand new'와 보아의 'My name'을 떼 지어 노래했다. 다수가 좋아한다고 해도 누군가에겐 소음일 수 있다. 저 아이들의 행동이 나에겐 폭력이나 마찬가지였다. 듣고 싶은 노래라면 귀에 이어폰을 꽂고 혼자 감상하면 된다. 어떤 아이는 아침에 조용히 공부하거나 독서하고 싶을 텐데. 소수의 의견이 무시되는 교실은 마치 동물의 왕국 같았다.

갑자기 교실 문이 천둥 같은 소리를 내며 열렸다.

"아침 일찍부터 누가 이렇게 음악을 크게 틀었어? 담임 쌤한테 허락받았어?"

김윤서 쌤이다. 이 시간에 선생님의 교실 순회가 처음이라 팽지혜 패밀리가 조금 당황한 얼굴이 되었다.

"소음이라고 생각하지 않니? 아침에 일찍 학교에 오는 사람은 다 이유가 있는 거야. 일찍 와서 조용히 쉬다가 첫 교시를 준비하거나 숙제하거나 공부하거나. 음악을 듣고 싶다면 이어폰 꽂고 혼자 듣는 게 공동생활 구역에서의 기본 예의인 거 모르니?”

팽지혜가 김윤서 쌤의 말에 비웃음으로 답했다.

“웃어? 너 지금 내 말이 웃기니?”

“아니요. 어제 겪은 웃긴 일이 갑자기 생각나서요.”

오은지가 터져 나오는 웃음을 겨우 참는 듯 작게 큭큭거렸다. 김윤서 쌤은 아이들 한 명 한 명과 눈을 마주쳤다. 아이들은 시선을 피했다. 쌤은 오은지에게 바짝 다가가더니 오은지의 오른손을 대뜸 자기 코에 가져다 댔다.

“좀 전에 피웠네?”

쌤이 말했다.

“아닌데요.”

“그래?”

쌤은 다른 아이들에게도 똑같이 행동하고 말했다.

“역시 일찍 등교하는 애들은 이유가 있어. 그렇지?”

“안 피웠다니까요. 증거 있어요?”

팽지혜가 대들듯 응수했다.

“증거? 그래, 오늘만 날은 아니니까. 다음에 확실하게 잡아줄게. 교내 흡연은 징계 사유라는 것 정도는 알겠지? 오은지는 당장 3반으로 이동해.”

오은지가 눈치를 보며 먼저 나갔다. 그 뒤를 김윤서 쌤이이었다. 팽지혜는 김윤서 쌤이 복도로 나감과 동시에 욕 세례를 날렸다.

체육 시간이 왔다. 고개를 푹 숙이고 운동장으로 나갔다. 오늘은 줄넘기 수업이다. 이단뛰기를 20개 이상 성공하는 게 이번 학기 수행평가 중 하나라고 했다. 아이들은 서로 마주보고 뛰며 잘한다 못한다 쑥덕거렸다.

나는 한 개를 넘지 못했다. 다른 아이들은 한두 개 쉽게 성공하는 것 같은데, 실패자는 나와 미혜밖에 없었다. 미혜와 나는 다르다. 내가 실패하면 미혜보다 더욱 놀림거리가 된다.

“작년에도 못 하더니, 아직도 못 해?”

팽지혜가 아이들을 가르쳐주겠다며 돌아다녔다. 나를 향해 비아냥거리는 입이 씰룩거렸다. 나는 아무 대답도 하지 않았다. 뭐라고 대꾸하면 목소리가 떨릴 것 같았다.

“야, 너 작년에 다리 찧고 주저앉았잖아. 발목이 약한 거야? 아니면 반사신경이 느린 거야?”

지혜는 진심으로 묻는 게 아니었다. 지혜 옆에 붙은 진서가 킥킥거렸다.

나는 심호흡을 하고 줄을 바닥에 내렸다. 그리고 줄을 들어 올릴 준비를 했다. 높이 뛰고 손은 빠르게 움직이면 되겠지.

줄넘기가 휘휘휙 요란한 소리만 내고는 발등으로 찰싹 떨어졌다. 뒤에서 홍진서의 웃음소리가 들렸다. 팽지혜는 고개를 옆으로 숙이고, 아래로 떨어뜨린 내 시선에 맞춰 말했다.

"야, 너무 긴장한 거 아냐? 줄한테 사과해, 자꾸 밟지 말고."

주위에서 자기 운동을 하던 아이들 모두 팽지혜의 말에 웃음을 터뜨렸다. 저쪽에서 체육 선생님이 다가오고 있었다. 팽지혜는 줄을 휙 돌려 연달아 이단뛰기를 하며 다른 애들 쪽으로 이동했다. 김윤서 쌤은 나를 너무 빤히 쳐다본다. 쪽 팔려 죽겠는데 내 얼굴에서 뭘 찾기라도 하는 사람 같다.

"이단뛰기에서 중요한 건 힘도 아니고, 빠르기도 아니야. 먼저 네 몸이 '박자'를 기억하는 게 필요해. 줄 넘는 리듬을 외워야 해. 점프, 돌리고. 점프, 돌리고."

나는 말없이 고개를 끄덕였다. 몇 번 점프를 반복했지만, 한 번도 제대로 넘지 못했다. 줄넘기를 쥔 손에 힘이 들어갔다.

"자, 네가 생각하는 것보다 두 배는 높이 뛰어야 해. 줄 없이 몸으로 리듬부터 익혀보자."

나는 한숨을 내쉬었다. 줄넘기 없이 줄넘기했다. 머리로 아무리 이해하려 노력해도 몸이 따라주질 않았다. 김윤서 쌤이 다시 말했다.

"줄넘기 기술은 팔이 아니라 '점프와 리듬'이야. 처음엔 줄 없이도 괜찮아. 이단뛰기는 네가 줄을 통과하는 게 아니라, 줄이 너의 점프 타이밍에 '두 번' 절하는 거라고 생각해 봐."

"네…."

다시 줄넘기를 들고 빠르게 돌렸다. 거의 다 넘어온 것 같은 타이밍에 줄넘기가 걸렸다.

"좋아. 조금 늘었어. 어깨에 힘 빼고, 손목은 작게 돌려도 돼."

이제 다른 아이한테 가셨으면 좋겠는데, 쌤이 계속 나를 보고 있다. 시선이 집중되니 부담스러워서 더 안 되는 것 같았다.

선생님이 내 귓가에 가까이 다가와 말했다.

"너, 잘할 수 있어. 난 알아. 너 자신을 믿어. 넌 잘해."

이게 무슨 밑도 끝도 없는 소린지?

그러고는 저쪽으로 유유히 사라지셨다.

35세, 김윤서

틈이 날 때마다 김윤서를 관찰했다. 25년 전의 내 모습 그대로였다. 어깨는 옹송그리고, 쉬는 시간에는 엎드려만 있어서 얼굴 보기가 힘들었다. 화장실에 가기 위해 일어나 움직이는 모습은 마치 좀비 같다. 죄인도 저렇게 움츠러들진 않을 텐데, 생기 없는 얼굴이 안쓰러워 죽겠다. 급식 먹는 모습은 또 어떻고. 아무도 저한테 신경 쓰지 않는데, 혼자 먹는 자기 모습을 놀릴까 봐 눈치 보고, 급하게 조금만 먹고, 그러니 점점 말라가고, 자주 체하고.

체육관에 앉아 골똘히 생각에 잠겼다. 나는 지금 2026년의 사람으로, 2006년에 내가 살던 세계에 던져졌다. 내비게이션을 켜고 본가로 돌아가면 2026년의 삶이 이어질 것이다.

현재로 돌아가면 다시 2006년으로 돌아올 수 있을지 지금으로선 알 길이 없다. 궁금하니까 주말에 행복동을 벗어나 볼까?

아니다. 시간 여행 소설 속 주인공은 해야 할 일이 있었다. 내가 여기에 온 것도 분명 하늘의 뜻이 있을 것이다. 행복동을 벗어나면 이 마법 같은 기회가 사라질지도 모른다. 2006년이니까 애플 주식을 살까? 영혼까지 끌어모아 대출해서 서울 아파트를 사?

머리를 마구 내저었다. 이렇게 어설픈 행동은 나를 여기로 보낸 큰 존재의 심기를 불편하게 만들지도 모른다. 선하게 행동해야 한다. 문뜩 20년 전의 어느 날이 떠올랐다. 내 추측이 맞다면 머릿속에 떠오른 그 장면을 지금 다시 볼 수 있을 것이다. 나는 교실로 내달렸다.

2학년 2반 교실에 다가갈수록 음악 소리가 쿵쿵 울렸다. 몇 명의 포식자들이 담배를 피우고 와서 동방신기나 신화 등 아이돌 음악을 듣고 있을 것이다. 타인의 상황이나 취향은 안중에도 없다. 그 정글 속에서 김윤서는 엎드려 있겠지.

문을 쾅 열고 교실에 들어갔다. 예상한 장면이 눈앞에 펼쳐졌다. 20년 전 나를 괴롭힌 그 아이들의 모습과 행동 그대로였다. 팽지혜, 너로구나. 나를 지옥의 구렁텅이에 빠뜨린 악마가. 열다섯 김윤서는 모르겠지만, 서른다섯 김윤서는 안다. 너 같은 아이의 약점을. 너처럼 산 아이들의 미래를.

녀석들의 손가락 사이에서 갓 밴 니코틴 냄새가 난다. 오늘은 녀석들이 벌받는 날이 아니다. 서른다섯이 열다섯을 상대하는 방법은 좀 더 친절하고, 정확하고, 치밀해야 한다.

녀석들에게 경고장을 날리고 다시 체육관으로 돌아왔다. 머리를 감싸고 고심했다. 학폭에 시달리는 김윤서를 구해야 한다. 그럼 내 미래가 달라질 거다. 미래가 달라지면 어떻게 되는 거지?

엄마는 내가 스물두 살 때 돌아가셨다. 고등학교를 자퇴하고 한참을 폐인처럼 살았다. 우울증이 심했던 어느 날, 엄마가 내 머리를 세게 때렸다. 정신 좀 차리라며 버럭 소리를 질렀다. 그러고는 주저앉아 아이처럼 엉엉 우셨다. 이렇게 살거면 같이 죽자는 말도 하셨다. 그땐 내 고통에 푹 빠져 엄마의 마음을 헤아리지 못했다. 엄마가 암에 걸렸는데, 항암치료도 하지 못하는 상태라는 걸 알게 되었을 때 비로소 정신이 번쩍 들었다.

내가 과거로 왔다. 그렇다면…? 엄마가 살아 계신다!

수업을 마치고 모자를 푹 눌러쓴 다음 김윤서 뒤를 쫓았다. 엄마가 돌아가시기 전까지 살던 집으로 김윤서가 들어갔다. 저 안에 엄마가 계실 거라고 생각하니 다리가 앞서갔다. 초록 대문 앞에 우뚝 멈춰 섰다. 초인종을 누르고 엄마를 부른 다음 나를 어떻게 설명할까? 아, 뒤죽박죽이다. 뭐가 뭔지 모르겠지만, 일단 그런 전개는 곤란하다는 생각이 들었다. 하지만 엄마가 너무 보고 싶은데, 한 번만 안아보고 싶은데. 그런 생각을 하며 대문을 열고 엄마가 나오길 기다렸다. 시간이 얼마나 흘렀는지 모르겠다. 분명 대문을 쳐다보고 있었는데, 정신을 차리고 보니 벽에 기대앉아 꾸벅 졸고 있었다. 그때 초록 대문이 열리는 소리가 들렸다. 얼른 내가 보이지 않는 곳으로 숨어 집에서 나오는 사람을 지켜보았다.

입에서 소리가 터져 나오려는 걸 간신히 틀어막았다. 한 손으로도 모자라 두 손으로 입을 꽉 막았다. 몸의 수분이 다

빠져나간 듯 앙상해져 돌아가신 엄마의 마지막 모습이 겹쳐 보였다. 20년 전이면 엄마는 40대다. 집에서 아무렇게나 걸쳐 입고 마트에 가려고 나오신 것 같은데도 생기 있어 보인다. 아까는 과거의 나를, 이제부터는 과거의 엄마를 뒤쫓는다.

열다섯 김윤서는 나를 알아보지 못하지만, 엄마와 눈이 마주치면 안 될 것 같았다. 대번에 내가 자기와 한 몸이었던 사람이라는 걸 알아챌 것이다. 주머니를 뒤져 마스크를 꺼냈다. 코로나19 이후 내 주머니에는 늘 마스크가 준비돼 있다. 자체 방역의 목적도 있지만, 내 존재를 드러내고 싶지 않은 순간 유용하다. 마스크에 모자까지 쓰면 완전 변장이다.

엄마는 장바구니에 김윤서가 좋아하는 식재료를 담고 있었다. 나중에 그리워도 다시 만나지 못할 한 끼라는 걸 알지 못하는 열다섯 김윤서는 먹는 둥 마는 둥 엄마를 지치게 할 것이다. 엄마는 조금씩 시들어간다. 엄마가 갑자기 암에 걸렸다고 생각했는데, 과거로 와서 보니 '갑자기'가 아니었다. 뒤돌아서서 옷소매로 줄줄 흐르는 눈물을 닦았다.

장바구니 하나 달랑 들고 걸어왔으면서 저 많은 물건을 어떻게 다 들고 갈 건지 걱정되었다. 머리를 쓰자. 어떻게 하면 엄마의 짐을 들어줄 수 있을까?

밖으로 나서는 신 여사를 따라갔다. 초록 대문집 근처 슈퍼 이름을 대며 길을 알려달라고 거짓말했다. 모자를 푹 눌러쓰고 마스크까지 낀 내가 수상해 보일 텐데, 엄마는 의심 없이 자기가 길을 잘 안다며 따라오라고 하셨다. 나는 넉살 좋게 엄마가 든 짐을 뺏어 들었다.

"가느다란 아가씨가 힘도 세네. 안 무거워요?"

틈틈이 흐르는 눈물을 닦느라 정신이 없었다. 꿈이라도 좋았다. 이 시간이 끝나지 않길 바랐다.

"네? 저 복싱 선수라 힘세요."

중학교 체육 선생님이라고 말하면 어느 학교 선생님이냐, 우리 애도 중학생인데. 꼬리에 꼬리를 물고 대화가 이어질 것 같아 거짓말을 했다.

"여자가 복싱을? 와, 멋지네요. 우리 딸도 운동 좀 시킬까. 만날 집에만 틀어박혀 있어요. 귀에 이어폰만 끼고 움직일 생각을 안 해요."

"제가 운동 좀 시켜볼까요?"라는 말이 입 밖으로 나올 뻔할 때였다.

"덕분에 편하게 왔는데, 들어가서 음료수라도 한 잔 마시고 가요. 고마워서 그래."

엄마가 말했다. 들어가고 싶은 마음은 굴뚝같지만 그랬다간 겨우 누른 눈물 둑이 와르르 무너질 것 같다. 지금도 목소리가 파르르 떨리는 걸 힘들게 감추고 있다. 약속 시간이 다 되어서 가봐야 한다며 짐을 엄마 손에 넘겨주고 엄마 손등을 감쌌다. 이상하다. 엄마 손이 차가웠다. 임종 때 식어가던 엄마의 손, 그 촉감과 같았다. 혼란스러워서 나는 그곳을 도망치듯 벗어났다.

집으로 곧장 들어가지 않고 한참 주위를 걸으며 생각을 정리했다. 과거에서 내가 머물 수 있는 시간이 얼마나 남았는지 알 수 없다. 엄마의 손이 차가운 게 이상하다. 내가 하늘의 계시와 다른 행동을 하면 천벌이 떨어질 것 같은 불길한 기분이 든다. 심지어 하늘의 계시가 무엇인지도 모른다.

나는 세상에 대해 모르는 게 많지만, 서른다섯인 지금까지 사는 동안 한 가지는 확실히 깨달았다. 인생은 인과응보다. 당장은 그렇지 않아 보일지라도 장기적으로는 확실히 작용하는 법칙이다. 과거로 온 내가 지킬 일은 선한 목적의 행동을 하는 것일 테다. 점점 내가 할 일이 확실해진다. 나는 열다섯 살 김윤서를 바꾸러 온 거다. 잃어버린 김윤서의 자존감을 되찾아 주겠다. 그리고 엄마의 건강도 지켜줄 것이다. 마음이 급하다. 방법을 찾자.

3

언제까지 도망 다닐 거야?

15세, 김윤서

손가락 하나 움직일 힘도 없다. 작년 체육 쌤은 자습 시간도 자주 주시고, 가끔 매트에 누워 자는 것도 허락하셨다. 김윤서 쌤은 그럴 생각이 조금도 없어 보인다. 오늘은 기초 체력 테스트를 한단다. 귀찮아 죽겠다.

김윤서 쌤은 팽지혜가 마음에 드는 눈치다. 체육부장을 거의 쌤의 보조강사로 여기고 대접하는 것처럼 보였다. 팽지혜

어깨에 힘이 꽉 들어갔다. 의기양양한 저 표정, 애들은 저런 애가 뭐가 좋다고 슬슬 기는 건지 모르겠다.

테스트마다 팽지혜가 첫 주자로 나섰는데, 윗몸일으키기부터 푸흡 웃음이 나왔다. 50개는 거뜬히 한다던 애가 겨우 20개다. 나도 20개는 한다. 매일 앉아서 수다만 떠는 중학생 여자애들은 나날이 엉덩이가 커지고 허벅지도 통통해지기 때문에 윗몸일으키기 20개는 평균 기록이었다. 팽지혜가 큰 소리만 치지 않았어도 부끄러울 수치는 아니었다. 자신감을 과하게 드러낸 게 문제였다. 쪽팔려 하는 얼굴이 어찌나 고소하던지.

선생님은 계속 팽지혜의 용기를 북돋아 주셨다. 나라면 또 망신당할까 봐 겸손하게 굴 것 같은데, 그 애는 또 시작 전부터 자신감을 드러냈다. 믿는 구석이 있겠지 싶었다. 하지만 이어진 테스트마다 내 기록과 별반 다르지 않았다. 매달리기는 1초, 유연성 테스트는 심지어 -5센티미터였다. 팽지혜 패밀리가 다른 애들보다 더 많이 웃었다. 팽 패밀리 중에서는 홍진서 기록이 제일 좋았다.

나는 홍진서 얼굴에 스치는 묘한 우월감을 느꼈다. 팽지혜보다 약체라고 생각해 그녀의 비위를 맞추고 지냈는데, 체육만큼은 자기가 더 낫다는 자신감이 생기자 팽지혜가 만만해 보이나 보다. 참 얍삽하다. 자신과 동등한 선상에서 친구를 바라본다면 그럴 수 없다. 홍진서 마음속에는 반 아이들의 서열이 있을 것이다. 자기가 이인자쯤은 된다고 생각했겠지. 그런데 이제 일인자 자리를 넘봐도 되겠다는 생각이 든 걸까?

팽지혜가 자존심을 회복한 테스트는 딱 하나였다. 50미터 달리기는 반 전체에서 두 번째로 빨랐다. 앞서 여러 번 허세를 부리고, 허세에 맞지 않은 결과가 반복되어서 그런지 아이들은 팽지혜의 달리기 기록에 별다른 반응을 보이지 않았다. 오히려 살이 쪄서 둔해 보이는 홍진서가 팽지혜와 거의 비슷한 기록을 달성하자 환호했다. 팽지혜와 홍진서 사이에 긴장감이 흘렀고, 나는 이상하게 기분이 좋았다.

"안녕하세요, DJ 새벽숨의 감성주파수입니다. 오늘은 좀 이상한 날이었어요. 누가 나 대신 말해준 것도 아니고, 싸움에서 이긴 것도 아닌데, 누군가가 날 괴롭히던 애를 아주 정당하게, 조용히 코너로 몰아넣는 걸 봤거든요. 그 장면을 보는 내내 숨을 못 쉬겠더라고요. 체육관 바닥은 항상 차가웠어요. 그런데 이상하죠. 오늘은 수업이 끝난 후 그곳에 한 번 누워보고 싶었어요.

집에 와서 이어폰을 꽂으니까 아주 오랜만에 숨이 쉬어져요. 제가 잘못한 건 없다는 거, 언젠가 누군가가 날 지켜봐 줄 수도 있다는 거, 오늘 처음으로 조금 믿게 됐어요. 여긴 새벽, 그리고 숨. 오늘은 '조용한 위로'가 필요한 사람들을 위한 노래들로 함께 해볼게요. 그럼, 첫 곡부터 들어볼까요?"

박효신의 '좋은 사람'을 재생하고 감성주파수에 접속한 사람들의 닉네임을 확인했다. 단골들이 채팅창에 메시지를 남겼다.

  ㄴ 달빛소녀: 오늘은 오프닝 멘트에서 조금 들뜸이 느껴져요. 첫 선곡 완전 제 취향. 감사해요.

  ㄴ 초코우유: 정당하게 조용히 코너로 몰아넣은 그분은 누구예요? 보지 않았지만, 저도 통쾌해요. 저도 좋은 사람입니다. 하핫.

초코우유 님의 마지막 말에 피식 웃음이 새 나왔다. 방송을 계속하면서, 상대를 존중하고 배려하며 나와 음악 취향이 비슷한 사람이 많다는 걸 알게 되었다. 중학생이 아이돌 음악이 아니라 중장년 보컬리스트 음악을 좋아해도 비난하지 않았다. 오히려 나이답지 않게 즐기는 음악의 폭이 넓다며 칭찬받았다. 이러니 내가 방송을 그만둘 수 없다. 학교에서 8시간 동안 쌓인 압박과 스트레스를 새벽 한 시간 만에 씻어 낸다. 내 방송의 단골들이 현실 세계에서도 내 옆에 있다면 숨쉬기가 쉬워질 텐데. 이런 생각을 하다 보니 첫 곡이 끝났다.

"어떤 감정은 시간이 지나도 그대로 남아요. 말하지 못했던 후회, 그날 하지 못한 한마디, 그리고 너무 아팠던 순간. 아무한테도 말하지 않고 그저 속으로만 삼켰던 사람이라면 이 노래, 아마 들으면서 조금 울컥할지도 몰라요. 애청자님이 자신의 주제곡이라고 말씀하셨어요. 듣고 계시죠? 조성모예요. '아시나요'."

채팅창에 초코우유 님이 "^^" 하고 웃는 표정을 남겼다.

자신을 위한 선곡이라는 걸 아는 거다. 내가 선택한 플레이리스트에 위로받으며 한 시간이 훌쩍 지났다. 마지막 멘트다.

"별은 빛나지만, 아무 말도 하지 않죠. 그저 거기 있는 것만으로 누군가에겐 방향이 되고, 위로가 되니까요. 오늘 저는 아주 오랜만에 숨을 쉬었고, 누군가가 날 대신해 말을 해줬어요. 그게 우연이든 운명이든 무엇이든 그냥 괜찮았어요. 당신도 그런 하루였길 바랍니다. 아니면 내일은 꼭 그랬으면 좋겠어요. 여기는 감성주파수, 지금까지 DJ 새벽숨이었습니다. 잘 자요. 천천히, 조용히 당신만의 북극성을 따라가요. 강타의 '북극성'."

새벽 한 시, 마무리 멘트 후 잔잔히 마음을 적셔오는 '북극성'에 빠졌다. 오랜만에 뒤척이지 않고 잠이 들었다.

며칠 뒤 체육 시간에도 나는 저번과 같은 쾌감을 느꼈다. 김윤서 쌤은 그동안 만난 선생님들과는 어딘지 조금 달랐다. 경기할 때면 새로운 규칙을 제안했다.

피구 경기를 했다. 공을 받으면 2점, 받으려다가 실패하면 아웃되고 상대편에 1점이 추가된다. 공을 잘 받으면 본인 팀에 유리하지만, 괜히 나섰다가 실패하면 원망을 들을 수도 있다. 나야 뭐 시작하면 공에 맞고 밖으로 나갈 거니까 이러든 저러든 상관없지만, 앞에 나서기 좋아하는 애들은 고민될 것이다. 피하는 데 집중할 건지, 공격적인 자세로 맞설 것인지.

선생님 말 한마디에 팽지혜는 포지션을 정한 것 같았다. 어떤 공이든 다 받아낼 기세였다. 눈빛도 이글거렸다. 그러나 처음부터 공을 받아내려다 놓쳤다. 아웃되면서 상대 팀 점수가 올라갔다. 상대 팀은 홍진서를 가운데 세운 모양이었다. 홍진서는 공을 받는 데 신중했다. 대부분 피하고, 확실한 공만 받았다.

팽지혜는 자기 팀의 부활 기회를 모두 자기에게 달라고 팀원들에게 외쳤다. 두 번이나 부활한 팽지혜는 그 기회를 보기 좋게 날렸다. 드디어 팽지혜가 속한 A팀에서 팽지혜를 원망하는 소리가 나오기 시작했다. 결과는 B팀의 승리.

"오늘 경기는 여기서 마무리해야겠네. A팀 패배. B팀, 전략적으로 이동 잘했고, 공 정확도도 훌륭했어."

선생님 말에 B팀 아이들은 방방 뛰며 기뻐했다. 승리의 주역인 홍진서는 B팀의 영웅이 되었다. 그리고 선생님은 시선을 옮겨 A팀의 팽지혜에게 말했다.

"오늘은 조금 과하게 나섰지? 허세보다 중요한 건 판단력이야. 다음엔 더 신중하게 움직여 보자."

이번에는 홍진서가 고소해하는 표정을 분명히 보았다. 저둘 사이에 무언가가 균열을 일으키고 있다. 내 마음은 고소한 정도가 아니었다. 김윤서 쌤 뭐지? 마치 내가 되어 골탕을 먹이는 것처럼 속이 후련했다. 김윤서 쌤은 체육 시간마다 팽지혜를 체육부장이라며 치켜세운다. 그런데 수업이 끝날 때면 이상하게 팽지혜가 패배한 분위기다. 그렇게 돼버린다. 시작할 때는 자신감을 내보이지만, 끝날 때는 발가벗겨진 모습이랄까.

김윤서 선생님과 눈이 마주쳤다. 고개를 살짝 숙이며 눈인사하고 뒤돌아 체육관을 나가고 있었다. 마음 한구석에 기쁨이 자리 잡으니 미혜한테도 눈이 갔다. 매일 내 옆에 붙어 따라다니는 아이. 미혜한테 말을 걸어보려는 순간이었다.

"잠깐."

선생님이 나를 불러 세웠다.

"선생님과 얘기 좀 할까?"

갑자기 심장이 쿵쾅댔다. 나는 쭈뼛대며 다가갔다.

"아프지 않은 거 다 알아."

움찔했다. 수업 시간에 아픈 핑계를 대며 무엇이든 대충하긴 했다만, 그 얘길 지금 왜 꺼내는 거야?

"자꾸 피한다고 해결되는 건 없어. 언제까지 도망 다닐 거야?"

쌤은 내게서 시선을 떼지 않고 말했다. 내 속을 꿰뚫고 있는 것 같다. 나는 더듬거리며 대답했다. 내가 뭘 도망 다니냐고 말이다.

"선생님은 다 알아. 네가 지금 어떤 상황이고, 어떤 마음인지. 내가 도와줄게. 좀 바뀌어볼까?"

갑자기 나한테 왜 이러는 건지 모르겠다. 얼굴이 점점 달아오르는 게 느껴졌다. 체육관 입구 쪽에서 미혜가 나를 기다리며 서 있었다. 나는 미혜에게 먼저 가라며 손짓하고 선생님께 대답했다.

"선생님이 무슨 말씀을 하시는지 모르겠어요."

내 목소리가 조금 떨렸다.

"너 괴롭힘당하는 거 안다고. 내가 도와줄게. 나 믿고 내가 시키는 대로만 해."

처음부터 이상했다. 나를 너무 자세히 보는 느낌이었다. 이름이 같아서 연민이 생긴 건가? 내가 괴롭힘당하는 건 어떻게 알았지? 그럼 혹시… 일부러 팽지혜를 골탕 먹이려고? 아니다. 이건 너무 앞서 나간 생각이다. 선생님이 왜? 무엇 때문에? 그리고 선생님은 정정당당했다. 규칙을 제안했고, 규칙에 따라 심판한 것뿐이다. 큰소리친 팽지혜 스스로 모든 상황을 자초한 것이다. 하지만 어떻게, 무엇을 안다는 말이지?

나는 대답 없이 선생님께 꾸벅 인사하고, 괜히 아직도 우두커니 서 있는 미혜 이름을 반갑게 부르며 체육관을 벗어났다.

35세, 김윤서

김윤서의 자신감을 되찾아 주기 전에, 팽지혜를 정당한 방법으로 골탕 먹이고 싶었다. 교사가 된 나에게도 거짓말하며

대드는 모습을 보니, 저 애는 좀 일찍 깎이고 다듬어질 필요
가 있다 싶었다. 중고등학교라는 정글에서 사자처럼 살다가
사회에 나가 매운맛을 보는 것보다 지금 나한테 조금 당하는
게 오히려 아이의 미래에 더 도움이 될 것이다.

팽지혜는 자신감이 넘친다. 자존심 상하는 걸 못 견뎌 한
다. 자기 행동은 옳고, 남이 하는 건 잘못되었다고 본다. 자기
가 하면 정상이고, 남이 하면 비정상이다. 운동신경이 남달
리 뛰어난 것도 아니다. 보통 실력이지만 큰 목소리에 평범
한 아이들은 주눅이 든다. 전형적인 허세 캐릭터다. 그간 체
육관에서 만난 다양한 운동 실력의 사람들을 보면서 내게도
척 보면 척 알아채는 능력이 생겼다. 저 아이는 기초 체력이
그다지 좋지 않을 것이다.

영화 '알라딘'에서 본 알라딘의 지혜가 떠올랐다. 자파의
자존심을 자극해 자파 입에서 "지니가 되고 싶어"라는 소원
을 내뱉게 한 다음 램프 속에 갇히게 했다. 전략이 세워졌다.
팽지혜의 과잉 자신감을 유도해 망신당하게 할 작정이었다.

수업 시작부터 체육부장인 팽지혜를 한껏 치켜세웠다. 체
육부장답게 이단뛰기를 하는 모습이 가볍고 날렵하다는 등,

수업 시작 전에 나서서 아이들 준비 운동을 시켜주니 수업 진행이 원활하다는 둥 마음에도 없는 칭찬을 늘어놓았다. 팽지혜는 저번에 흡연을 의심하던 내 뒤통수에 날린 욕 세례를 잊은 듯 부드럽고 아부하는 말투를 구사했다. 가식적이긴. 이제부터 시작이야. 친구를 괴롭히면 어떤 벌을 받게 되는지 몸과 마음으로 느껴봐.

"오늘은 여러 가지 방법으로 기초 체력 테스트를 할 겁니다. 체육부장이 시범을 보이면 나머지 친구들이 따라 하는 거예요. 체육부장은 모든 테스트를 첫 순서로 마치고, 나머지 친구들의 테스트 결과를 기록해 주세요."

팽지혜는 마치 보조교사처럼 내 옆에 바싹 붙어 섰다. 기록지와 볼펜을 들고 자신이 나머지 아이들을 평가하는 양 어깨가 솟은 모습이 우스웠다. 나는 팽지혜의 자신감을 더욱 자극했다.

"먼저 윗몸일으키기부터 해봅시다. 체육부장은 1분에 40개쯤은 할 수 있겠지?"

이렇게 말하고는 눈을 가늘게 뜨고 팽지혜의 입을 주시했다.

"선생님, 40개라니요. 저 1분에 50개 할 수 있어요."

아이들이 "오오"라는 추임새를 붙이며 기대하는 눈빛을 보냈다. 카운트가 시작되었다. 팽지혜는 10개까지는 맹렬하게 하더니, 그 뒤부터는 드러누운 몸을 끙끙대며 힘겹게 일으켰다. 결과는 20개였다.

"팽지혜, 50개 한다며?"

홍진서가 놀리듯 말했다. 아이들이 하나둘 키득거렸다.

"에이씨, 어제저녁에 밥을 많이 먹었더니. 쌤, 마지막에 한 번 더 해요. 이거 제 실력 아니에요."

마지막에 다시 측정한 기록은 처음보다 처참했다. 팽지혜 얼굴이 붉으락푸르락했다.

"쌤이 자세히 봤는데 자세가 좋지 않네. 복부 근력은 운동 기초 체력의 핵심인데, 다른 반 체육부장에 비해 지혜 기록이 떨어지는 편이야."

팽지혜는 상한 자존심을 감추며 말했다.

"다른 종목도 측정해 봐요. 다른 건 자신 있어요."

하지만 이어진 기초 체력 테스트 결과도 좋지 않았다. 유연성 테스트 때는 손끝이 발끝에 닿지도 않았다.

"-5센티미터네요. 평균보다 유연성이 많이 떨어집니다. 유연성 부족은 부상 위험을 높이고, 전반적인 운동 능력에도 악영향을 줘요. 꼭 집에서 스트레칭 훈련을 하세요."

홍진서가 박장대소했다. 팽지혜가 씩씩대며 노려보자 웃음소리는 멈췄지만, 눈은 여전히 웃고 있었다. 이렇게 쉽게 자존심을 깎아내릴 수 있는데, 20년 전엔 저 아이가 왜 그렇게 무서웠던 걸까. 새도 복싱하며 걷던 그날, 뒷걸음질 치던 그 애의 모습을 봤던 것보다 지금이 더 통쾌했다. 왕복 오래 달리기도 중도 포기했다. 팽지혜의 자신감은 실력에서 나온 게 아니라 허세임이 드러났다. 대놓고 말하는 사람은 없어도 반 아이들의 마음속에서는, 팽지혜를 향한 두려움이나 어려움 같은 무언가가 한 꺼풀 벗겨졌을 것이다.

나는 팽지혜가 잘하는 것이 딱 하나 있다는 걸 안다. 50미터 직선 달리기 기록은 상위권이다. 그래서 팽지혜가 빠르게 달리며 실력을 뽐낼 수 있는 활동은 올해 내 체육 수업에선 다루지 않을 것이다.

한편 열다섯 김윤서는 여전히 내가 누구인지 알아보지 못한다. 김윤서는 심폐지구력이 좋고, 민첩하며 유연하다. 열다섯 김윤서는 자기 내면의 능력을 아직 알지 못한다. 자신감이 없으니 모든 면에서 진짜 제 실력을 발휘하지 못한다. 답답했다. 팽지혜 기록이 좋았다면 의기양양했을 텐데, 자기가 무너지니 김윤서에게 관심을 두지 않아서 다행이었다. 스물두 살, 엄마가 돌아가신 후에야 움직이기 시작한 미련한 몸을 지금부터 움직이게 만들어야 한다. 앞으로 나는 이곳에서 팽지혜에게는 겸손과 역지사지의 자세를, 김윤서에게는 자신감을 가르칠 것이다.

다음 시간에는 팀 대항 피구 시합을 했다. 체육복을 입은 아이들이 체육관 여기저기에 흩어져 삼삼오오 놀고 있었다. 저쪽 구석에 김윤서 혼자 있고, 1미터쯤 떨어진 곳에 미혜가 앉아 있다. 나는 호루라기를 입에 물고 짧게 불며 중앙으로 아이들을 불러 모았다.

"자, 오늘은 피구 대항전이다. A팀, B팀. 공정하게 나눴고, 특별 규칙 하나를 추가하겠다."

아이들이 웅성거렸다. 나는 미리 규칙을 적어둔, 바퀴 달린 화이트보드를 아이들 앞으로 끌고 왔다.

"첫째, 공을 받을 때마다 2점씩 올라간다. 둘째, 공을 받으려다가 몸에 맞으면 아웃됨과 동시에 상대편에게 1점을 부여한다. 셋째, 팀별로 한 경기당 2명의 공격수를 부활시킬 수 있다. 최종 승패는 살아남은 공격수의 숫자에 점수를 더해서 판정한다."

아이들 표정이 의아했다. 평소 하던 피구 시합 규칙과 다르기 때문이다. 당연하게도 나의 의도가 담긴 규칙이었다.

"이건 정확도 훈련을 겸한 경기야. 공을 잡으려다가 몸에 맞으면 상대 팀 점수가 올라가니 주의해야 해. 다들 집중해서 움직이자."

팽지혜가 콧방귀를 뀌었다. 저번 기초 체력 테스트에서 무너진 자신감을 다시 회복한 것 같다. 피구 앞에서 또다시 자신감이 과잉된 모습이다.

"선생님, 공을 받으면 내가 아웃될 뿐만 아니라 상대방 점수가 올라간다면 피하는 게 상책이겠네요? 피구는 원래 받는 맛 아니에요?"

내가 미소 지으며 대답했다.

"잘하는 학생이 앞 라인에서 공을 다 받아주면 점수가 올라가겠지? 그럼 이기겠네?"

팽지혜는 자신 있는 듯 벌써 승자의 미소를 띠고 있었다. 예상대로 팽지혜는 공격수의 맨 앞자리, 한가운데에 서서 어떤 공이든 다 받아내겠다는 준비 자세를 취했다.

'그래, 다 받아봐. 네 허세가 얼마나 오래 가는지 한번 보자.'

내가 호루라기를 불자 경기가 시작됐다. 곧 상대편에서 공이 날아왔다. 팽지혜는 허겁지겁 팔을 뻗었다. 하지만 공은 팔목을 스치며 허벅지를 세게 때렸다.

"팽지혜 아웃. 상대 팀 1점 추가."

상대 팀이 환호성을 질렀다.

"쌤, 애매한데요, 이건 거의 잡은 거였잖아요."

"결국 받지 못했잖니? 규칙은 공정하게 적용되어야 해. 규칙이 싫으면 다음부턴 제대로 잡자."

팽지혜 얼굴이 일그러진다. 하지만 곧 부활 기회를 사용해 팽지혜가 다시 공격수로 들어갔다. 팀원들이 슬슬 팽지혜에게 거리를 두는 모습이 보였다. 내 계획대로 흘러가는 것 같아 속으로 쾌재를 불렀다.

팽지혜는 두 번이나 부활했지만, 피하는 것보다 공을 잡으려고 애쓰다가 결국 세 번이나 아웃당했다.

"너 잘한다면서 왜 계속 아웃이야? 너 때문에 우리 팀이 졌잖아."

아이들의 원망 섞인 소리가 들렸다. 팽지혜가 입술을 깨물었다. 나는 짧게 호루라기를 불었다.

"오늘 경기는 여기서 마무리해야겠네. A팀 패배. B팀, 전략적으로 이동 잘했고, 공 정확도도 훌륭했어."

나는 시선을 천천히 팽지혜에게 옮겼다.

"팽지혜, 오늘은 조금 과하게 나섰지? 허세보다 중요한 건 판단력이다. 다음엔 더 신중하게 움직여 보자."

팽지혜는 대답하지 않고 쌩하니 체육관을 나갔다. 팽지혜의 뒤를 졸졸 따라다니던 홍진서가 팽지혜와 거리를 두고 천천히 움직였다. 나는 한 걸음 뒤로 물러서 열다섯 김윤서를 바라보았다.

처음 본 그날보다 낯빛이 조금 좋아졌다. 몸이 아프다며 경기에 참여하지 않았지만, 구석에서 조용히 팽지혜를 바라보며 나만큼 속이 후련했을 아이, 내가 바로 그 아이였다.

김윤서의 눈동자가 내 눈동자와 마주쳤다. 아주 잠깐, 그 애의 눈빛이 흔들렸다. 내가 부드럽게 웃어 보이자 안도하며 체육관을 나섰다.

"잠깐."

김윤서가 뒤돌아섰다.

"선생님과 얘기 좀 할까?"

김윤서가 쭈뼛대며 내게 다가왔다.

"아프지 않은 거 다 알아."

나는 김윤서에게 직설적으로 말했다. 약점을 들킨 듯 김윤서가 움찔했다.

"자꾸 피한다고 해결되는 건 없어. 언제까지 도망 다닐 거야?"

김윤서에게서 시선을 떼지 않고 말했다.

"무, 무슨, 제가 뭘 도망 다녀요?"

열다섯의 내가 당황했다.

"선생님은 다 알아. 네가 지금 어떤 상황이고, 어떤 마음인지. 내가 도와줄게. 좀 바뀌어볼까?"

김윤서의 얼굴이 점점 달아올랐다.

"선생님이 무슨 말씀을 하시는지 모르겠어요."

김윤서가 당황해서 목소리를 떨었다.

“너 괴롭힘당하는 거 안다고. 내가 도와줄게. 나 믿고 내가 시키는 대로만 해.”

김윤서의 표정이 복잡해졌다. 이해한다. 얼마나 갑작스러운 제안인지. 하지만 나도 어쩔 수 없었다. 시간이 얼마나 있는지도 모르는데, 천천히 조심스레 접근할 때가 아니다. 김윤서는 이렇다 저렇다 대답 없이 내게 꾸벅 인사하고, 도망치듯 체육관에서 나갔다.

4

김윤서 회복 프로젝트

15세, 김윤서

그날 이후였다. 팽지혜 패밀리가 나를 놀리고 괴롭히면 갑자기 김윤서 쌤이 나타났다. 한 번은 팽지혜가 내 필통을 낚아챘다. 저쪽 멀리 서 있는 홍진서에게 그것을 날렸고, 홍진서는 또 다른 아이에게 전달, 또 전달하는 식이었다. 저러다가 마지막엔 필기구 몇 개가 망가질 것이다. 저번에는 플라스틱 필통이 깨졌다.

“그만해. 내 필통 내놔.”

“싫은데?”

팽지혜가 약을 잔뜩 올렸다.

이럴 땐 팽지혜 패밀리가 아닌 아이들도 나를 도와주지 않는다. 조롱하는 말을 들으며 웃거나 모른 채 제 할 일을 한다. 지금 이 분위기가 장난인지 괴롭힘인지 아이들이 모를 리 없다. 괜히 나섰다가 자기들도 당할까 봐 숨죽이는 것이다. 필통을 찾으려고 이리저리 뛰어다니다가 자포자기하고 자리에 앉을 때였다. 탁, 소리와 함께 교실에 찬물을 끼얹은 듯 조용해졌다.

필통이 김윤서 쌤 손에 들어갔다. 홍진서가 받으려는 위치에 김윤서 쌤이 나타나서 한 손으로 잡은 것이었다. 마치 영화 속 장면처럼 극적이어서 하마터면 손뼉을 칠 뻔했다.

“이게 무슨 상황이지? 필통 주인 누구야?”

내가 쭈뼛거리며 손을 들었다.

“친구들한테 네 필통을 공던지기 하듯 던지고 받고 놀라고 허락했어?”

나는 고개를 내저었다. 김윤서 쌤의 눈이 교실 한 바퀴를

돌았다. 그리고 이렇게 말했다.

"누군가가 무너질 때, 그걸 보고도 외면하는 건 조용한 동조야. 폭력은 주먹만이 아니라 침묵으로도 만들어질 수 있다는 걸 기억해."

쌤은 필통을 나에게 건네주고 아무 일도 없었다는 듯 교실에서 나갔다. 쌤이 나가자 팽지혜가 말했다.

"ㅈㄴ 선비같이 구네. 야, 김윤서. 체육이 네 이모야? 뭐야? 이름 똑같다고 네 수호천사 같은 거 하신대? 왜 재밌는 순간에 자꾸 나타나는 건데?"

다른 애들도 자기네들끼리 뭐라고 쑥덕댔다. 그러고 보니 정말 결정적인 순간마다 김윤서 쌤이 나타났다.

'너 괴롭힘 당하는 거 안다고. 내가 도와줄게. 나 믿고 내가 시키는 대로만 해.'

김윤서 쌤이 했던 말이 귓가를 맴돌았다. 방과 후 아이들의 눈을 피해 김윤서 쌤을 찾아갔다. 김윤서 쌤이 기다렸다는 듯 반가운 얼굴로 나를 맞았다. 냉장고에서 음료수를 꺼내 종이컵에 따라 주셨다. 목이 말랐다. 나는 음료수 한 컵을 벌컥벌컥 마신 다음 용건을 말했다.

“저번에 다 안다고 하셨잖아요. 도와주신다고요. 어떻게 다 알게 되셨어요? 그리고 어떻게 도와주실 수 있어요?”

김윤서 쌤은 부드러운 미소를 지어 보이고 대답했다.

“나도 어릴 때 괴롭힘을 당했거든. 당해본 사람은 금방 알아봐. 당하고 있는 사람의 얼굴을. 팽지혜랑 그 아이 친구들이 괴롭히는 걸 지나가다 봤어. 아까 필통 사건도 그렇고. 내 말이 다 맞잖아.”

쌤은 정말로 다 아는 눈빛이었다. 나는 목이 탔다. 침을 한 번 꿀꺽 삼키자 쌤이 음료수를 더 꺼내 왔다. 또 한 컵을 단숨에 마시고 말했다.

“어떻게 도와주실 거예요?”

김윤서 쌤은 내가 찾아올 걸 예상하고 준비라도 한 듯, 수업 때 사용하는 바퀴 달린 화이트보드를 끌고 왔다. 거기엔 날 위해 준비한 문장이 이미 쓰여 있었다.

김윤서 회복 프로젝트

1. 자존감 회복을 위한 마인드 컨트롤을 돕는다.

2. 자신감 향상을 위해 체력을 단련시킨다.

3. 친구에게 연연하지 않는 멘탈 관리법을 전수한다.

  - 친구는 딱 한 명만 있어도 된다. 외로운 친구 한 명을 찾아라.

  - 다른 친구를 도와주고, 친구들의 얘기를 잘 듣고 호응하라.

4. 세상은 강약약강임을 명심한다.

김윤서 쌤의 설명이 끝났다. 기대한 게 잘못이었다. 선생이란 사람들은 왕따를 구제하지 못한다. 학폭에 시달리는 아이가 누군지 알아도 교칙에 따라 가해자를 처벌할 뿐, 당하고 망가진 아이의 정신까지 복구해 주진 못한다. 무심한 선생님도 있지만, 바빠서 손길을 건넬 여유가 없는 선생님도 많을 것이다. 1학년 때 담임 선생님께도 몇 번이나 도움을 요청하려 했지만, 너무 바빠 보여 말할 틈을 찾지 못했다. 나중에 알게 되었는데, 그 쌤은 교직 첫해인 기간제 교사였다. 여러모로 서툴러 더욱 바쁘셨던 것 같다.

부모님이 담임 선생님께 상황을 전하고 2학년 반 배정 시 고려해 달라고 부탁하셨지만, 결국 팽지혜와 같은 반이 되었다. 담임 선생님은 반 배정 시 고려할 부분을 학년부장 선생님께 전달했다고 했지만, 학년부장 쌤은 들은 적이 없다고 했다. 반 배정 발표가 났을 때, 1학년 담임 쌤이 다른 학교로 가고 없었기 때문에 삼자대면도 불가능한 상황이었다. 그런 일로 나는 교사에 대한 신뢰가 없었다.

김윤서 쌤도 마찬가지였다. 말과 실전은 다르다. 말로는 뭔들 못하겠는가. 나도 말로는 다 할 수 있다.

"저도 노력을 안 해본 건 아니에요."

"무슨 노력을 해봤는데? 너 학교에 오면 엎드려 있기만 하잖아."

김윤서 쌤은 옆에서 나를 지켜보기라도 한 것처럼 자신 있게 말한다.

"이 상황에서 벗어나려고 매일 애쓰고 있어요."

"음악방송? 전부터 하던 거잖아. 너 새벽숨 뒤에 숨는 거잖아. 계속 피해 다니면서 평생 그렇게 살 거야? 잘못한 것도 없는데 왜 그렇게 살아? 내가 도와준다잖아. 정면으로 돌파해 보자."

나는 쌤 입에서 나오는 말을 믿을 수가 없었다. 나에 대해 정말로 모르는 게 없는 사람인 것 같았다. 무서워지기 시작했다.

"저를 왜 이렇게 잘 아시는 거예요? 제 방송은 어떻게 아세요?"

쌤이 한숨을 쉬며 내 얼굴을 빤히 쳐다보았다.

"나 좀 봐."

"네?"

"내 얼굴을 자세히 보라고. 어디서 본 듯한 얼굴 아냐?"

사실 처음 본 순간부터 그런 기분이 들었다. 꿈에서 본 건지 어디인지 아무리 생각해도 기억나지 않지만 낯익었다.

"모르겠어요."

김윤서 쌤은 나를 체육관 화장실로 데리고 갔다. 화장실 거울 앞에 쌤과 내가 나란히 섰다.

"잘 봐."

나는 쌤의 얼굴과 내 얼굴을 번갈아 쳐다보았다. 정신이 어지러웠다. 뭐가 뭔지 모르겠다. 그게 그거 같다. 쌤의 눈이 내 눈 같고, 쌤의 코가 내 코 같고. 이게 뭐야? 왜 다 똑같은데? 내 눈이 이상해졌나 보다. 나는 머리를 흔들었다.

"너 정말 둔하구나. 너랑 나랑 똑같이 생겼잖아."

"닮았네요. 그래서 저도 좀 이상하다고 생각했어요, 지금."

"왜 닮았을까?"

아, 스무고개는 내가 제일 싫어하는 게임이다. 그냥 말했으면 좋겠다. 설마 김윤서 쌤, 귀신은 아니겠지? 내가 답을 찾지 못하자 선생님은 믿을 수 없는 한 문장을 내뱉었다.

"나, 20년 뒤의 너야."

35세, 김윤서

"그 말을 제가 믿을 거라고 생각하세요?"

예상했던 반응이었다. 나는 열다섯 김윤서를 체육관 연구실로 데리고 왔다. 내 휴대전화 속 세상을 보여주었다.

"3년 뒤에 아이폰 3GS 출시로 스마트폰이 폭발적으로 보급돼. 삼성은 세계 스마트폰 시장을 제패하게 되고. 그러니까 아빠한테 삼성 주식 사면 부자 된다고 말해줘. 스마트폰이 뭐냐면 음, 요만한 휴대전화 속에 컴퓨터 기능이 다 들어가 있다고 생각하면 쉬워. 이건 카카오톡이라는 건데, 2012년쯤 되면 이걸 안 쓰는 사람이 없어. 와이파이만 잡히면 메시지는 몇만 건이라도 무료로 보낼 수 있어.”

김윤서는 2026년의 나에게 익숙한 스마트폰 속 세상을 보며 입을 다물지 못했다. 손가락으로 터치하는 것을 어색해하더니 금방 빠져들었다.

“팽지혜가 좋아하는 아이돌 그룹이 2026년에 어떻게 됐는지 궁금하지 않아? 그런 걸 검색해 봐. 그래야 내가 2026년의 너라는 걸 믿지.”

얼마 뒤 김윤서는 침을 삼키다가 사레에 걸렸는지 캑캑거렸다. 얼른 물을 갖다주었다.

“이 오빠, 왜 이렇게 망가졌어요?”

“네 눈에도 그래 보여? 인생 나락으로 떨어지는 거 한순간이야.”

이제 김윤서는 내가 미래에서 온 사람이라는 걸 믿는 눈치였다.

“하지만, 쌤이 미래의 저라는 증거가 없잖아요.”

나는 콧방귀를 뀌고 김윤서에게 가까이 다가오라고 말했다. 귀에다 대고 나만 아는 김윤서 신체의 비밀을 나열했다. 그러고는 다시 멀찌감치 떨어져서 목소리를 조금 높이며 말했다.

"내가 더 어이없어. 너 왜 날 못 알아봐?"

김윤서는 내 얼굴을 빤히 살피기만 하고 대답이 없었다.

"왜? 묻는 말에 대답은 안 하고?"

김윤서는 한참 뜸을 들이다가 입을 열었다.

"제가 원하는 미래가 아니에요."

말문이 턱 막혔다.

"야, 내가 어때서 그래?"

"선생님은 돈 많이 못 벌잖아요."

"돈 벌려고 교사를 직업으로 선택하는 사람이 어딨냐? 그런 생각이면 나는 복싱 선수가 됐을 거야."

김윤서는 고개를 절레절레 저었다.

"선생님, 너무 혼란스러워요. 집에 가고 싶어요."

"그래. 나도 여기가 20년 전이라는 걸 알게 됐을 때 머리가 지끈거렸어. 대체 내가 왜 여기로 온 건지 생각해 봤지만, 머리만 더 아파질 뿐이었어. 세상엔 과학적으로 설명되지 않는 현상도 존재하고, 인과관계가 없는 사건도 일어나."

김윤서는 가방을 메고 내게 목례했다.

"참, 너 음식 투정하지 말고, 엄마 계실 때 잘해."

김윤서의 눈동자가 커졌다.

"왜요? 엄마가 어디 가세요?"

나는 김윤서의 눈빛을 살피며 망설였다. 과거의 김윤서를 바꾸면, 나를 둘러싼 미래가 바뀔 수도 있다. 아직 나도 이곳에서의 변화가 내 미래에 어떤 영향을 줄지 모른다. 이곳의 김윤서가 학교 폭력을 극복하고, 다른 애들처럼 고등학교를 졸업하고, 우울증을 앓지 않고, 엄마를 힘들게 하지 않는다고 2026년에 엄마가 살아 계실지 누가 알겠느냔 말이다. 그러니 김윤서에게는 말하지 않는 편이 좋을 것이다.

"아니, 그런 게 아니라 엄마도 점점 나이가 드시잖아. 그걸 기억하란 말이야."

"아… 전 이만 집에 갈게요. 안녕히 계세요."

김윤서가 체육관에서 나갔다. 어린 내가, 어른이 된 나를 보며 실망했다. 자기가 원한 미래가 아니란다. 어릴 때 큰 꿈 하나 품어보지 않은 사람이 얼마나 될까. 어릴 땐 뭐든 다 할 수 있을 것 같았다. 하지만 어른이 돼 보니 제 몸 하나 건사할 수 있는 사람은 모두 대단하다는 걸 알게 됐다.

하고 싶은 일보다 해야 할 일이 우선이고, 사회생활을 위해 가면도 쓸 줄 알아야 한다. 몸이 아파도 결석할 수 없다. 직장인은 눈치가 보이고, 자영업자는 아파서 움직이지 못한 만큼 수입이 끊긴다. 돈을 벌어 공과금을 내고, 휴대전화 요금을 내고, 집에 다 떨어진 생필품 목록을 파악해서 채워 넣고, 식재료를 사서 제 손으로 하루 세 끼를 직접 해 먹어 보면 비로소 어른의 삶이 무엇인지 어렴풋하게나마 알게 된다. 사람은 누구나 보이지 않는 짐을 어깨에 한가득 메고 살아간다는 걸. 살아내는 것 자체로 대단하다는 걸. 대단한 무언가가 되어야만 행복하고 성공한 삶은 아니라는 걸 말이다.

열다섯 살 무렵 내가 원했던 삶은 무엇이었나. 기억 나지 않는다. 학교에서 벗어나고 싶었다. 학교가 싫으니 공부도 귀에 들어오지 않았다. 오로지 내 친구는 음악뿐이었다. 세이캐스트에서 만나는 가상의 친구들도 있었지만, 그땐 그들을 현실 세계에서 만날 수 있을 거라고 기대하지 않았다. 어른이 되면 공중파 방송의 작가나 DJ가 되고 싶다는 막연한 꿈을 가졌던 것 같다.

학교는 죽도록 벗어나고 싶은 공간이었다. 게다가 그때 만난 선생님들은 내 고통에 별 관심이 없었다. 학교마다, 학년마다 왕따는 늘 존재했으니까. 지금처럼 학교 폭력을 법으로 강하게 규제하고 처벌하던 때가 아니었다.

교사가 되어 학교 폭력 책임교사 업무를 맡은 적이 있다. 갖가지 행정 업무에 치여 학교 폭력을 당한 학생의 진정한 회복까지 살필 여유가 없었다. 학교 폭력 가해자를 엄하게 처벌하는 것도 중요하지만, 피해 학생의 회복을 전담하는 인력도 필요하다고 생각했다. 학교 폭력 피해 학생이 온전한 학교생활로 돌아올 때까지 전담하는 상담 보조 선생님이 학교마다 상주하면 좋겠다.

다음 날 김윤서가 나를 찾아왔다. 밤새 뒤척거렸을 것이다. 눈 밑이 퀭하다.

"쌤, 저 그냥 살던 대로 내버려두세요."

예상치 못한 전개였다.

"왜?"

"억지로 무언가를 한다고 상황이 변할 것 같지 않아요."

목이 콱 막혔다. 내가 내 마음대로 되지 않았다. 내가 이렇게나 고집불통 벽창호였던가. 너, 지금 그대로 당하고만 있으면 나중에 무슨 일이 일어나는지 아냔 말이야. 어휴 속 터져.

나도 모르게 손으로 가슴을 치고 있었다.

"야, 너 바보야? 나는 네 열여섯, 열일곱, 서른, 모든 날을 이미 다 살았다고. 너 이대로 살면 안 돼."

"이대로 살면 어떻게 되는데요?"

"고등학교도 졸업 못 한다고!"

내가 소리치듯 말했다. 김윤서는 잠시 멈칫했다.

"그런데 교사는 어떻게 됐어요? 대단하시네요. 검정고시 치셨어요?"

"그래, 맞아."

"잘됐네요. 저 학교 다니기 싫어요. 그럼 더더욱 상황을 바꿀 이유가 없어요. 지금 선생님 모습 매력적이지 않아요. 서른다섯인데 쌤 남친 없죠?"

헉, 얘가 그걸 어떻게 안 거지? 내 표정을 김윤서가 읽은 것 같다.

"휴대전화 사진첩 봤어요. 미래의 내 남친은 어떻게 생겼나 궁금해서 찾았는데, 남자 사진은 코빼기도 안 보이더라고요."

의문의 일 패를 당했다. 입맛이 썼다.

"그래, 남친 없는데 뭐 그게 어때서?"

"서른다섯에, 남친은 없고, 시골 학교로 와서 좁은 원룸에서 살고, 돈은 좀 모아두셨어요?"

와, 열다섯 살의 내가 이렇게 때 탄 아이였나? 도와준다는 어른한테 말본새가 이게 뭐냐?

"서른둘에 교사 시작했어. 늦게 시작한 것치고는 좀 모은 거야. 월급의 절반씩 저축하고 있으니까."

이렇게 말하고 계산기를 두드리고 있을 때였다.

"계산하지 마세요. 그 월급에 절반을 모아봤자 얼마나 된다고요. 그러니까 저 그냥 놔두고 원래 세계로 돌아가세요."

속이 타들어 간다. 행복동을 벗어나면 지금 나를 둘러싼 시공간이 어떻게 뒤틀릴지 모른다. 이미 나는 확신하고 있다. 하늘이 내게 천운을 준 거라고. 그러니 어린 나, 착하지. 제발 내 말 들어. 응?

열다섯 살의 나는 정말 대단한 고집쟁이였다. 어른 말이 씨알도 먹히지 않으니, 엄마를 얼마나 고생시켰을까. 별수 없다. 초강수를 두는 수밖에.

“엄마.”

김윤서의 눈빛이 바뀌는 걸 느꼈다. 나는 밀어붙이기로 했다.

“내가 자퇴하고, 우울증에서 빠져나오지 못하는 동안, 엄마 속이 다 타들어 갔나 봐. 스무 살 넘도록 집 밖에 거의 나가지 않았어. 밥은 하루에 한 끼 겨우 먹었던가? 죽고 싶었어. 왜 살아야 하나 싶었어. 그런 나를 보며 엄마가 시들어 가는 줄도 몰랐어. 엄마가 떠나고서야 정신 차렸어. 내 발로 상담센터에 찾아갔지. 그때부터 사람답게 살기 시작했으니, 육칠 년 정도 인생을 날려 먹은 거야. 엄마와 함께.”

눈물이 뚝 떨어졌다. 김윤서는 그런 내 눈에서 시선을 떼지 못했다. 한참 시간이 흐른 후 입을 열었다.

“엄마가, 죽었어요? 2026년 세상에는 엄마가 없어요?”

엄마, 엄마, 엄마….

그간 꾹 눌러온 엄마라는 단어의 반복에 그만 주저앉았다. 서러움과 그리움이 목 끝까지 차올랐다. 나는 어린 내 앞에서 엉엉 울고 말았다.

김윤서가 종이컵에 물을 받아왔다. 인생의 바닥을 치며 말라가던 시기의 엄마처럼, 그 애가 내 입에 종이컵을 가져다 댔다. 물을 받아 마셨다.

"내 인생 바꿔줄 자신 있어요?"

김윤서의 마음이 움직였다.

"방법은 내가 고민해. 대신 노력은 네가 해야 해. 나 믿고 따라올 거야?"

"해볼게요."

"그럼, 내일 아침부터 시작하자. 아침 여섯 시에 천변으로 나와. 이제 아침마다 한 시간씩 운동하고 등교할 거야."

"네? 여섯 시요? 저 새벽 한 시까지 음악 방송하는 거 아시잖아요."

"한 시간 일찍 시작해."

"제 닉네임이 새벽숨인데요?"

"열한 시에 방송하는 새벽숨, 하나도 안 이상해. 그리고 네 애청자는 네가 방송 시간 이동한 이유를 알면 응원할 거야. 진심은 통하게 돼 있어."

"미래에서 온 나라서, 참, 말대꾸를 못 하겠어요. 알겠어요. 해볼게요."

“내가 열정페이로 너 돕는 거 알지?”

“열정페이가 뭐예요?”

“돈 안 받고 아침마다 네 트레이너로 일하는 거잖아.”

“자기한테도 좋은 일이면서.”

김윤서가 구시렁대듯 혼잣말했다.

“체육 선생님이 아침마다 운동시켜 준다고, 선생님 자취
하시는데 아침은 챙겨드리고 싶다고 말해봐. 그러면 엄마가
도시락 두 개 싸주실 거야. 엄마 밥 먹고 싶어서 그래. 못 먹
은 지 10년 넘었어.”

김윤서가 마지못해 고개를 주억거렸다. 이제 시작이다. 김
윤서, 기대해. 네 안에 어떤 힘이 있는지, 너조차 아직 모르는
그것을 내가 찾아줄게.

5

어퍼컷을 날려봐

15세, 김윤서

휴대전화 알람을 껐는데도 계속 진동이 울렸다. 깊은 밤에서 서서히 의식이 돌아왔다. 아, 어제 체육하고 약속했지. 엄마가 방문을 열고 들어왔다.

"아직도 안 일어나면 어떡해. 선생님이랑 여섯 시에 보기로 했다며? 어서 옷 갈아입어. 도시락 싸놨으니 양치만 하고 나가. 얼른."

엄마가 억지로 일으켜 떠밀리듯 문밖으로 나갔다. 모자를 푹 눌러쓴 체육 쌤이 우리 집 앞에 와 있었다.

"깜짝이야. 우리 집 위치는 어떻게 아셨어요? 예전에 살던 집이랑 같은 곳이에요?"

"응, 집 안이 어떻게 생겼는지 다 알아. 네 책상이 얼마나 너저분한지도. 거기 손에 든 거 도시락이야?"

쌤은 나보다 도시락을 더 반겼다. 천변으로 가는 길에 쌤이 사는 원룸 건물이 있어서 도시락을 갖다 놓고 목적지로 향했다.

"내가 체육 쌤이라는 건 무슨 뜻이다?"

"뭐, 뭐요? 뭘 또 맞춰야 해요? 저 스무고개 싫어하니까 그냥 답해주세요."

"내가 너잖아. 너 운동 잘해. 너 지금 운동 못 한다고 생각하지? 사람이 그래. 자신의 잠재 능력을 몰라. 넌 앞으로 네가 순발력, 유연성, 민첩성, 지구력이 좋다는 걸 알게 될 거야. 일단 오늘은 1분 뛰고 2분 걷고, 이걸 30분 동안 한 다음, 내 집으로 가서 기본 근력 운동 30분 하고 씻고 밥 먹자."

"네? 뛰라고요? 30분 걷는 것도 힘든데요?"

"군소리 말고 시키는 대로 해. 나도 같이할 거니까. 일단 2분간 빠르게 걷자."

체육이 엉덩이를 씰룩대며 앞서 걸어 나갔다. 천근만근 같은 몸을 움직여 그 뒤를 바짝 쫓았다.

태어나서 처음으로 아침에 운동이라는 걸 했다. 못 뛸 거라고 생각했는데, 쌤이랑 같이해서 그런지 생각보다 1분이 금방 지나갔다. 숨이 차오르는 기분도 꽤 괜찮았다. 주위에 운동하는 사람이 드문드문 보였다. 출근하는 사람, 이미 업무 중인 사람도. 아침을 일찍 여는 사람들이 이렇게 많은 줄 몰랐다. 정신이 맑아지고 몸에 에너지가 차올랐다.

선생님 집은 단출했다. 이불만 빼면 방 한구석에 놓인 28인치 캐리어에 모든 짐이 다 들어갈 것 같았다. 지금의 내 방 풍경을 떠올려 보면 같은 사람이라고 할 수 없는 변화다. 대체 무슨 일들을 겪었길래 현재와 20년 후의 차이가 이렇게 큰 거야?

"집 구경 다 했지? 이제 스쾃을 100개 할 거야. 그다음엔 무릎 대고 팔굽혀펴기, 플랭크, 버피 테스트 순서로 매일 할 건데, 오늘부터 전부 다 하면 몸살 날 수도 있으니 스쾃이랑 플랭크만 하자. 자세는 나를 보고 잘 따라 해봐.”

나는 수없이 “이제 그만”을 부르짖고, 쌤은 그만큼 “한 개만 더”를 외쳤다. 쌤이 이겼다. 그녀가 계획한 분량만큼의 아침 운동을 해냈다. 샤워 후 쌤과 함께 좌탁에 앉아 도시락을 먹었다. 평소에는 늦잠을 자고 비몽사몽 엄마가 차려준 음식 한두 숟갈을 입에 넣고 굴리다가 억지로 삼키고 집을 나섰다. 운동 후 먹는 아침밥은, 분명 신 여사가 평소에 차려준 것과 다를 바 없는데도 비법 소스를 뿌린 듯 꿀떡꿀떡 넘어갔다.

“우리 엄마, 오늘 왜 이렇게 맛있게 만드셨어?”

감탄하며 허겁지겁 밥을 먹는데, 쌤이 조용하신 게 이상해서 보니 눈물을 떨어뜨리기 직전의 얼굴이었다.

“스토오옵!”

내가 외쳤다.

“쌤, 알 것 같아요. 우리 엄마 밥 오랜만이라 감격해서 목이 메는 거죠? 쌤이 내 미래 바꿔준다면서요? 그러니까 우리 엄마 살아 계시게 해줘요. 내가 여기서 노력하면 엄마 살아 계실 테니 울지 말라고요. 쌤도 노력하시라고요.”

내 말에 쌤이 흐르려는 눈물을 꾹 삼키고 도시락을 먹었다.

"이 맛이었지. 맛있어. 신 여사 최고!"

아직도 눈앞의 김윤서 쌤이 20년 뒤 내 모습이라는 게 믿기지 않는다. 그냥 날 닮은 언니가 생긴 느낌이다.

작심한 적이 없어서 그런지 의지가 3일도 가지 않았다. 사흘 차 아침에는 밤새 누군가가 내 몸을 몽둥이로 때린 것처럼 아파서 꼼짝할 수 없었다. 김윤서 쌤은 마스크를 끼고 내 방 안까지 들어오는 초강수를 두셨다. 눈 말고는 알아볼 수 있는 신체 부위의 노출이 없으니 엄마도 눈치채지 못한 것 같다. 그리고 상식적인 사람이라면, 딸아이 학교 선생님이 20년 후의 딸이라고 상상할 수 없을 것이다. 그날 저녁, 엄마는 입에 침을 튀기며 김윤서 쌤을 칭찬하셨다.

"엄마는, 나중에 내가 체육 쌤 한다면 응원할 거야?"

엄마는 헛웃음을 치며 말씀하셨다.

"선생님은 아무나 시켜준다니? 임용고시 합격해야 하고. 뭐, 합격만 하면 좋지. 월급은 적지만 나이 들어 연금 나오잖아."

"지금은 그렇지만 나중엔 상황이 달라져. 대기업 회사원 연금과 별반 다르지 않은데, 월급에서 떼는 연금 몫의 그것은 회사원보다 더 많대. 월급은 적은데 노후 대비도 제대로 되지 않는다면, 다른 직업이 낫지 않겠어?”

“네가 그걸 어떻게 알아? 미래에 갔다 왔니?”

“응? 아, 아니. 그냥 그럴 수도 있을 것 같아서.”

나는 멋쩍게 웃어넘겼다.

“딱 3주만 버텨봐. 그러면 너의 학교생활이 달라질 거야.”

첫날부터 김윤서 쌤은 매일 이렇게 말했다. 3일, 1주일, 2주일, 그리고 마침내 3주가 지났다. 김윤서 쌤 말대로 무언가 내 안에서 변화가 생기기 시작했다.

우선 활력이 생겼다. 학교만 가면 물먹은 솜처럼 묵직하게 아래로 떨어지던 몸이 곧게 세워졌다. 내가 엎드려 자지 않으니 아이들이 의아해했다. 팽지혜가 다가와 시비를 걸어도 외면하지 않았다.

“요즘은 새벽이슬인가 뭔가 방송 안 해? 아침에 오자마자 쳐 자더니, 안 피곤한가 봐?”

홍진서와 팽지혜 패밀리들이 웃었다.

“새벽숨이야. 이제 한 시간 일찍 시작해.”

내 속에서 어쩌자고 이런 용기가 올라온 건지 모르겠다. 나도 모르게 반사적으로 입에서 튀어나온 말이었다. 굽은 어깨가 펴지고 허리를 곧추세우면 용기도 배가 되나 보다.

"야, 너 말할 줄 아네?"

팽지혜가 비꼬며 말했다.

"말이야 하지. 그러니까 감성주파수에서 DJ질 하잖아."

홍진서가 받아쳤다. 나는 그러든가 말든가 미혜에게 아침 인사를 건넸다. 미혜가 조용히 속삭이듯 말했다.

"어제, 네 방송 들었어."

"정말?"

나는 놀라서 조금 크게 말했다. 나는 미혜가 음악방송에 관심 있을 줄 몰랐다. 아니, 미혜는 아직도 인형 놀이나 좋아하는 초등학생 취향일 거라 지레짐작했다. 생각해 보면 나는 미혜를 잘 모른다. 다가오는 친구를 알려고 노력하지 않았다. 다른 애들이 거리를 두니까 나도 그래야 한다고 여겼다. 이제야 알겠다. 팽지혜 패밀리가 나를 놀려대니 나머지 애들이 내게 거리를 두는 것도 미혜를 향한 내 마음과 같은 것이었다. 혼자라고 생각했는데, 나를 고립시킨 건 나 자신이었다.

35세, 김윤서

　복싱으로 다져진 나, 4년 차 체육교사인 김윤서에게 천천히 30분을 달리는 건 일도 아니다. 열다섯 아이가 뛸 때 함께 뛰며, 솔직히 나는 빠르게 걷는 수준이었지만, 자존감 회복을 위한 마음 정화 코칭에 들어갔다.

　내가 우울증으로 한창 힘들어할 때, 엄마는 매일 곁에 와서 어린 시절 이야기를 들려주셨다. 엄마가 나를 임신하고 낳을 때 얼마나 힘들었는지, 하지만 고통과 바꾸어도 아깝지 않을 만큼 나를 사랑하기 때문에 다시 그 순간으로 돌아가도 나를 낳는 결정을 할 거라는 이야기, 또 자라는 동안 얼마나 다양하고 예쁜 행동으로 엄마와 아빠를 행복하게 했는지를 말이다.

　그때 엄마의 이야기가 나를 살게 했다. 엄마가 매일 그런 이야기를 들려주지 않았다면, 나는 삶을 포기했을지도 모른다. 그땐 내가 왜 살아야 하는지 이유를 찾지 못했다. 입맛도 없고, 의욕도 없었다. 아무것도 하고 싶지 않았다. 엄마 덕분에 조금씩 움직이기 시작했다. 엄마가 아픈 줄 좀 더 일찍 알았다면 가만히 앉아서 엄마 이야기만 듣는 멍청한 짓을 하진 않았을 것이다.

김윤서는 달리며 이따금 미소 지었다. 세상에서 가장 사랑하는 사람이 얼마나 다양한 순간마다 다양한 모습으로 자신을 아껴왔는지 제삼자에게서 듣는 것처럼 달콤한 것도, 반복해서 듣고 싶은 이야기도 드물 것이다.

SNS를 통해 알게 된 팽지혜 패밀리의 2026년도 들려주었다. 몇 명은 일찌감치 결혼했다. 20대 초반에 결혼했는지 벌써 초등학교 고학년 아이의 엄마가 돼 있었다. 사진을 보여주자 김윤서 눈이 튀어나올 것 같았다.

"얘 전혀 몰라보겠네. 왜 이렇게 살쪘어요?"

"살이 찐 이유야 다양하겠지. 이 애의 삶이 어때 보여?"

"글쎄요. 사진만 보고 삶을 뭐라 단정 지을 순 없지만, 부럽진 않아요. 평범하게 살고 있는 것 같아요."

"그럼, 이 SNS 속 삶과 요즘 옆에서 지켜보는 내 삶 중 네가 선택하고 싶은 인생은 어느 쪽이야?"

"그건 고르기 쉬워요. 쌤의 삶이요. 저는 아이를 일찍 낳고 싶지 않아요. 엄마가 되는 건 하고 싶은 일로 실컷 돈 벌고 난

다음에 생각할래요."

팽지혜 근황은 길에서 우연히 마주친 이후 다양한 경로를 통해 들었다. 중학교 시절에는 힘의 우열에서 홍진서와 아슬아슬한 선을 유지했다. 그러다가 같은 고등학교에 입학했고, 홍진서가 더 강한 새 친구들을 만나면서 포식자가 되었다고 한다. 홍진서 주도로 팽지혜를 따돌렸고, 팽지혜는 고등학교 출석 일수를 겨우 채우고 졸업했다. 대학에는 입학하지 않았다. 편의점 아르바이트로 사회생활을 시작해 지금은 마트의 레토르트 식품 시식 코너에서 일한다. 마트에서 몇 번 마주쳤는데, 눈을 피했다. SNS는 하지 않는 것 같았다. 사진을 보여주지 못해 유감이라고 김윤서에게 말했다.

"쌤, 이런 전개는 드라마에서나 나오잖아요."

"이런 전개가 어떤 거야?"

"잘못한 사람이 천벌받는 이야기요."

"잘못하면 벌받아. 시간 차가 있을 뿐이지. 당장 받거나 나중에 받거나."

김윤서의 입꼬리가 씰룩하고 올라가는 순간을 놓치지 않았다.

"네가 지금처럼 계속 당하고만 있으면, 팽지혜뿐만 아니라 홍진서도 점점 기세등등하게 괴롭힐 거야."

"미래 이야기 들어보니 팽지혜보다 홍진서가 더 나쁜 것 같은데요?"

"팽지혜 입장에선 그렇겠지만, 너한테 가장 나쁜 애는 팽지혜였어."

"어떻게 친한 친구를 따돌려요? 그리고 홍진서는 어떻게 돼요?"

"학교 폭력이라는 게 그래. 너처럼 별로 친하지 않은 애가 자기랑 취향이 다르다는 이유로 전체의 분위기를 선동해서 왕따시키는 일도 있지만, 절친한 애들 사이에서 한 명을 따돌리는 일도 종종 생겨. 왕따당하는 애한테 특별한 이유가 있다고 생각해?"

"아뇨, 저얼대!"

"누구든 왕따가 될 수 있어. 반대로 누구든 왕따에서 벗어날 수 있어. 왜냐하면 왕따당하는 데는 특별한 이유가 없으니까."

김윤서가 고개를 끄덕였다.

"홍진서는 어떻게 됐냐고? SNS 한번 볼래?"

우리는 잠시 달리기를 멈췄다. SNS를 살피던 김윤서가 말했다.

"얘는 좀 잘 사는 것 같은데요? SNS가 온통 명품과 외제차로 도배돼 있잖아요. 제가 어려서 다른 건 잘 모르지만 루이비통은 알아요. 그런데 남편 사진이 좀 무서워요. 왜 이렇게 벗고 찍은 사진이 많아요? 몸에 용 문신은 좀…."

35년을 살면서 인과응보의 법칙을 몸소 체득했다. 그리고 또 하나 깨달은 게 있다. 진짜 부자는 자신의 부를 전시하지 않는다는 것. 인생이 공허한 사람은 SNS에 자기가 가진 물건들을 과시한다. 홍진서는 분명 결핍한 삶을 살고 있을 것이다. 물질적이든 정신적이든.

2026년의 세상은 문신이 유행이라 문신만으로 무언가를 판단하는 건 섣부르다. 하지만 홍진서 남편은 이전에 내가 살던 동네에서 유명한 조직폭력배였다. 체육관에 다니던 경찰 회원 덕분에 알게 되었다. 세상은 넓고도 좁다. 착하게 살아야 한다. 이런 이야기와 함께 덧붙였다.

"김윤서, 보이는 게 전부가 아니라는 걸 명심해. 센 척하는 애들 마음속에도 두려움이 있어. 강약약강이야.”

“그게 무슨 말이에요?”

“강자에겐 약하고, 약자에겐 강해.”

김윤서는 이해가 되지 않는 듯 고개를 내저었다.

“강한 사람한텐 강하게 응수하고, 약한 사람한테는 부드러워야 하잖아요. 덩치 큰 우리 아빠도 저한테는 한없이 다정한걸요.”

문뜩 아빠를 뵙지 못한 지 두 달이 지났다는 게 떠올랐다.

‘김윤서, 네 아빠이자 내 아빠 있잖아. 덩치도 크고 힘도 센. 엄마 돌아가신 이후에 많이 약해지셨어. 이젠 예전 같지 않아. 영원히 나를 지켜줄 거라고 생각했는데, 이제 가끔은 내가 아빠를 지켜준다는 기분도 들어.’

마음속 말을 삼켰다. 시간이 없다. 내일이라도 갑자기 2026년으로 돌아가 버리면 죽도 밥도 안 된다. 속성으로 정확하게 김윤서를 변화시켜야 한다.

“착한 사람들은 그렇게 하지. 하지만 세상엔 나쁜 사람도 많거든. 강약약강은 전형적인 나쁜 놈들의 사고방식이야. 네가 들이받지 않으면 걔들은 너를 더 강하게 짓밟을 거야. 팽지혜나 홍진서 얘기 들으니 어때?”

“뭐, 별것도 아닌 것들이 나를 괴롭히는 것 같네요.”

나는 엄지와 중지를 부딪쳐 경쾌하게 딱 하는 소리를 내며 말했다.

“빙고, 그거야. 쟤들 별것도 아니야. 나한테 아침마다 훈련 받은 지 며칠째인지 알아?”

“40일?”

“땡, 50일. 네가 50일 동안 얼마나 변했는지 내가 보여줄게.”

김윤서를 보며 한쪽 눈을 찡긋 감았다. 김윤서는 닭살이 돋는 듯 양팔을 감싸안으며 손바닥으로 팔뚝을 쓸어내렸다.

6

너는 동그라미 같은 존재야

15세, 김윤서

1회 고사가 끝나고 본격 수행평가 시즌이 왔다. 지난번 이 단뛰기 수행평가 이야기를 먼저 해야겠다. 김윤서 쌤의 특별 지도 덕분에 요령은 터득했지만, 만점인 20개를 넘는 데는 성공하지 못했다. 그래도 0개에서 10개만큼 성장했다. 팽지 혜는 내 옆을 지나치며 비아냥대듯 말했다.

"굼벵이도 노력하면 1미터는 이동할 수 있다더니 제법인데?”

나는 이제 팽지혜 말에 상처받지 않는다. 쌤과 매일 아침 운동을 하며 단전이 단단해진 만큼 배짱도 생겼다. 전보다 팽지혜가 나를 건드는 횟수가 줄었다.

“오늘은 여러 가지 평가를 할 겁니다. 틈틈이 연습하라고 했던 거 기억하죠? 스쾃, 플랭크, 버피 테스트에 이어 오래달리기로 마무리합니다. 번호순으로 두 명이 짝이 돼 상대방의 기록을 적습니다.”

매일 아침 김윤서 쌤과 해온 운동이 이번 학기 수행평가의 일부인 줄 몰랐다. 학기 초에 수행평가 안내를 한다. 아마도 굽은 어깨로 귀까지 틀어막고 제대로 듣지 않았던 것 같다. 스쾃은 쉬지 않고 한 번에 할 수 있는 만큼의 횟수를 셌고, 플랭크는 버틸 수 있는 시간을 기록했다. 버피 테스트는 정확한 자세로 1분간 할 수 있는 횟수를 평가했다.

놀랍도록 달라진 신체 능력에 나도 믿지 못할 결과가 나왔다. 3월 초였다면 천근만근이었을 몸이 가뿐하게 움직였다. 모든 종목에서 최고점을 기록했다. 아이들이 나를 보는 눈빛이 달라지는 걸 느꼈다. 팽지혜는 재빠르게 달리는 능력이 필요한 운동은 잘했지만, 지구력과 근력은 약했다. 몇몇 아이들이 체육부장을 바꿔야 하는 게 아니냐며 수군댔다.

마지막 오래달리기마저 1등으로 들어오는 기염을 토했다. 홍진서는 2등, 팽지혜는 7등? 8등? 나보다 한참 뒤에 들어온 것만 안다.

"가랑비에 옷 젖는다."

할머니가 자주 하셨던 말이 떠올랐다. 아침마다 내 속에서 한바탕 전쟁을 치른 다음 천변을 향했다. 처음에는 모래주머니를 차고 달리는 것 같았지만, 어느 날부터인가 몸이 가뿐해졌다. 비가 와서 달리지 못한 날엔 중요한 무언가가 빠진 듯 허전하고 근질근질했다. 전보다 활력이 생긴 것 정도는 알고 있었지만, 오래달리기를 1등씩이나 할 줄 몰랐다.

"쌤, 이게 말이 돼요? 제가 오늘 평가의 거의 모든 종목에서 1등을 했잖아요. 저한테 무슨 마법 거셨어요?"

쌤이 소리 내며 웃었다.

"매일 운동하는 중학교 2학년 여자애가 몇 명이나 있을 것 같아? 체육 시간에 강당이나 운동장에 나오는 애들 모습을 봐. 묵직하고 무겁고, 답답해 죽겠어. 그런 애들과의 경쟁이야. 어렵지 않다고. 게다가 난 알잖아. 네가 모르는 네 능력을. 나도 내가 운동에 소질 있다는 건 꿈에도 몰랐어. 해보기 전엔 몰라. 자기 안의 능력을.”

그날 이후 홍진서를 비롯한 팽지혜 패밀리는 내게 시비를 걸지 않았다. 하지만 여전히 먼저 말 거는 애들도 없었다. 괴롭히는 사람만 없어도 괜찮았다. 팽지혜의 밥이 된 그날 이후 처음으로 마음에 빛이 들어왔다. 누가 내게 무슨 말을 건네도 두려워하지 않고, 있는 그대로의 나를 보여줄 수 있을 것 같았다.

오늘 감성주파수의 시작은 임정희의 ‘Music is my life’였다. 발라드 위주의 선곡을 주로 하는 편이라 첫 곡이 나가자 채팅창이 활발해졌다. 이어 서영은의 ‘혼자가 아닌 나’와 ‘내 안의 그대’를 플레이했다.

ㄴ 초코우유: 요즘 심경에 변화가 생기신 것 같아요. 혹시… 남친 생기셨어요?

하루도 빠짐없이 감성주파수에 접속하는 초코우유 님이

었다. 남친이라는 엉뚱한 말에 마시던 물을 뿜어버렸다.

"오랫동안 제가 캄캄한 터널 속에 살고 있었다는 걸 단골 청취자분들은 아실 거예요. 터널은 끝이 있다는데, 저는 끝을 알 수 없는 터널에 갇힌 기분이었어요. 아침에 등교하면 늘 같은 문장이 입속을 맴돌았어요. '오늘이 빨리 끝났으면 좋겠어.' 그런데 요즘은 조심스럽게 터널 끝으로 다가가고 있는 것 같아요. 기적이라는 말을 믿지 않았는데, 제게 기적 비슷한 일이 일어나고 있나 봐요. 아쉽게도 남친은 아니랍니다."

방송을 끝내면 한참 동안 뒤척이다가 선잠을 자곤 했는데, 운동을 시작한 이후로 베개에 머리만 대면 자는 사람이 되었다. 이제 다음 날이 두렵지 않았다.

전보다 타인의 시선에 의연해졌지만, 학교에서 마음 나눌 친구 하나 없는 게 여전히 답답하고 힘들었다. 김윤서 쌤은 그때 단련된 덕분에 어른이 된 뒤에는 친구에게 연연하지 않아도 아무렇지 않아 좋다고 말했다. 나도 어서 어른이 돼 친구 없이도 혼자서 잘 살면 좋겠다고 대답했다. 하지만 진심은 마음이 잘 맞는 친구와 어른이 돼서까지 우정을 나누고 싶었다.

　미혜가 떠올랐다. 나처럼 전교에서 왕따인 아이. 나와 친해지고 싶어 하는 아이. 눈치가 조금 부족하고, 장난과 농담을 잘 구분하지 못하며, 가끔 별것 아닌 일에 울어서 주위 사람을 당황하게 하는 아이. 틈만 나면 공부하지만 전 과목 성적은 꼴찌인 아이. 하지만 작은 일에도 감동하고 진심 어린 고마움을 표현하는 아이. 거짓말을 하지 않는, 겉과 속이 같은 아이다. 또래 친구 몇 명과 비교해 보면 한 마디로 '순수한 영혼'이다. 이제 감성주파수 고객이기도 하다.

　그러고 보니 초등학교 때까지 친했는데, 중학교가 달라지면서 방학 때만 가끔 만나는 서연이도 미혜와 비슷한 면이 있다. 숨김없고 속이 훤하다. 나는 그런 사람이 좋다. 다른 마음을 품고 등을 돌리는 애들보다 미혜가 나와 찰떡인 친구가 될지도 모른다. 전부터 미혜는 내게 손을 내밀었다. 이제 미혜 손을 잡을 수 있을 것 같다. 다음 날 이런 마음을 김윤서 쌤께 말했다. 쌤은 주위를 둘러보고 사람이 없는 것을 확인한 후 스마트폰으로 검색했다. 경계선 지능인 아이의 특징이라고 검색한 결과를 내게 보여주었다.

"음, 네가 미혜의 특징을 잘 파악한 것 같아. 이거 봐."

스크롤 하는 쌤의 손을 따라 아래쪽 문구를 읽었다.

- 특정 친구에게 과도하게 의존하는 면이 있다.

특별실이나 체육관, 운동장으로 이동할 때마다 나를 기다렸다가 내가 교실을 나가면 거리를 두고 함께 움직이던 모습이 떠올랐다. 그땐 미혜가 미저리 같다고 생각했었다. 한 번도 미혜를 알려고 노력하지 않았다. 미혜와 비슷한 아이들의 특징을 알고 나니 의아했던 미혜의 행동을 이해할 수 있었다.

35세, 김윤서

김윤서와 미혜가 단짝이 되어갔다. 우연히 몇몇 아이들이 쑥덕대는 소리를 들었다.

"외로웠을 텐데, 왕따 둘이서 친구하면 좋지."

"김윤서 웃기지 않니? 나라면 그냥 혼자 다니고 말지, 지능 떨어지는 애랑은 안 놀아. 그러다 나까지 수준 떨어지면 어떡해?”

지나치려는 내 발바닥이 바닥에서 떨어지지 않았다. 별수 없다. 나는 교사니까 때론 꼰대가 되어야 한다. 뒤돌아 아이들 앞에 우뚝 섰다.

“수준이라… 진짜 수준은 말에서 나오는 거야. 같이 있으면 수준 떨어질까 봐 두렵다면… 네 옆에 있는 나도 지금 두려운데?”

함께 있던 친구들이 서로의 눈치만 보았다. 나는 조용히 아이들 한 명 한 명과 눈을 마주친 다음 말했다.

“성적을 높이는 게 중요한 학원과 달리 학교의 주요 목표는 뭔지 알아?”

이제 아이들은 눈을 바닥에 내리꽂고 나와 눈을 마주치지 않으려 했다. 나는 아랑곳하지 않고 말을 이었다.

“인격 성장. 부디 잘 성장하기를 바라. 어디선가 너희가 무심코 했던 차별, 편견, 인권침해가 부메랑이 돼 돌아올 수도 있다는 거, 명심해.”

돌아서는 발걸음이 깃털처럼 가벼웠다. 어린 김윤서가 못다 한 복수를 했다는 통쾌함, 교사로서 사명을 다했다는 뿌듯함 때문이었다.

한동안 윤서가 미혜와 잘 지내는 것처럼 보였다. 하지만 다시 전처럼 얼굴이 어두워지기 시작했다. 김윤서가 털어놓은 이야기는 이런 것이었다.

팽지혜 패밀리를 중심으로 자신과 미혜를 하나로 묶어 놀리는데, 한 귀로 듣고 한 귀로 흘리기가 힘들다고 했다. 윤서가 미혜를 챙기면 "도움반에 같이 가서 수업을 들어라", "착한 척 오지네" 같은 말을 하고, 수업 중 모둠 편성 때는 "김윤서가 오면 장미혜도 같이 따라 오잖아. 우리가 둘이나 어떻게 감당해? 성적 망했다"라며 두 사람을 밀어내 교과 선생님도 곤란해하신다고 말했다.

김윤서가 지쳐 보였다. 성장이라는 게 그렇다. 성장기 10대의 키가 한 달에 1센티미터씩 꾸준히 크는 게 아니듯 마음도 마찬가지다. 눈에 띄는 변화를 보이다가 멈춘 것처럼 느껴지는 시기가 있다. 노력해도 변하지 않을 것 같다. 관성의 법칙에 따라 아무런 노력을 하지 않던 때로 돌아가고 싶은 마음도 든다. 김윤서에게 그런 단계가 온 것이다. 나는 열다

섯 김윤서의 마인드 코치다. 김윤서 속에 다시 불을 지펴야
한다. 천천히 말을 골랐다.

"저번에 내가 화이트보드에 적은 강약약강이라는 단어 기
억 나? 정글의 세계는 그래. 하지만 우린 동물이 아니잖아.
사람이라면 누구나 더 나아지고 싶은 마음이 있어. 인격 형
성이 잘 된 세계에서는 강약약강이 아니라 강강약약을 실천
하는 사람이 멋져. 약자를 보듬고 도와주는 사람이 진정한
강자야. 네가 미혜의 손을 잡고 친해진 거, 참 용기 있는 행동
이야. 나는 그렇게 하지 못해 바닥으로 나락으로 떨어졌잖아."

김윤서 마음속의 일렁임이 느껴졌다. 좀 더 밀어붙여야겠
다고 생각했다.

"2022년에 '이상한 변호사 우영우'라는 드라마가 성공해.
우영우는 자폐 스펙트럼을 가진 인물이지만, 변호사로서 멋
지게 일해. 우영우 옆에 동그라미라는 친구가 있어. 동그라
미는 우영우가 다르다고 해서 외면하거나 이상하게 보지 않
았어. 오히려 우영우를 있는 그대로 받아들이고, 지켜주고,
웃게 해줬지. 그 드라마를 본 수많은 사람이 누구를 가장 멋
지다고 말했는지 알아?"

"우영우? 자폐인데 변호사라니 대단해요."

김윤서가 말했다.

"아니야. 정답은 동그라미야."

"왜요?"

"세상에 우영우는 많지 않아. 하지만 동그라미 같은 친구는 더 드물거든."

"아…."

"모르겠니?"

"네? 뭘요?"

김윤서는 의아한 듯 눈을 동그랗게 뜨고 나를 바라보았다.

"지금 너는 미혜에게 동그라미 같은 존재야. 남들이 뭐라고 하든 다름을 껴안고 옆에 있어 주는 사람이 진짜 멋진 친구야. 미혜는 네가 네 또래들에게 비주류인 음악을 좋아하고, 그런 음악으로 방송한다고 해서 널 색안경 끼고 바라보지 않잖아. 너도 미혜를 있는 그대로 좋아하고. 나는 네가 자랑스러워. 넌 텔레비전 속 멋진 주인공 같은 일을 하는 거야."

그 후 김윤서가 다시 마음을 잘 잡아가고 있는 듯했다. 하지만 내가 이곳에서 김윤서의 삶을 얼마나 변화시켜야 고등학교를 정상적으로 졸업하고, 엄마 속을 썩이지 않고, 우울증을 겪지 않을지 알 수 없었다.

'그래, 이 정도면 급한 불은 껐어. 아빠한테 다녀오자.'

오늘은 아빠 생신이다. 엄마가 살아 계실 땐 아빠 생신이 언제인지도 몰랐다. 엄마가 생일상을 준비해 두면 그제야 알아채곤 했다. 이제 내가 아니면 아빠 생신을 챙겨줄 사람이 없다. 본가에 갔다가 다시 행복동으로 돌아오면 무슨 일이 일어날지 모른다. 혹시 2006년으로 돌아오지 못해도 김윤서를 이만큼 변화시켰으니 최악은 면할 거라고 생각하면서, 아빠 집 주소를 내비게이션 도착지로 설정했다.

7

복싱이 싸우는 거라고 오해하지 마

35세, 김윤서

"쌤!"

아침부터 김윤서가 씩씩대며 걸어왔다.

"왜 그래?"

나는 도시락 두 개를 받아 집에 가져다 놓았다. 원룸에서 내려오니 김윤서가 눈물을 훔치고 있었다.

"무슨 일 있어?"

"제가 지금 변하면 엄마가 돌아가시지 않을 수도 있다고 말했잖아요. 그런데 왜 엄마가 아픈 거예요?"

"그게 무, 무슨 말이야?"

엄마는 내가 스물두 살 때 폐암으로 돌아가셨다. 담배도 피우지 않는데, 알게 됐을 때 폐암 4기로 손 쓰기 힘든 상황이었다.

"제가 떼써서 엄마가 건강검진을 받고 왔어요. 이제부터 2년에 한 번씩 꼬박꼬박 건강검진 하기로 약속했는데…."

"그런데?"

답답하게 김윤서가 뜸을 들였다.

"엄마가 암이래요. 갑상선암."

"뭐라고?"

하늘이 빙글빙글 도는 기분이었다. 미래를 바꾸려고 김윤서 인생에 손을 댔다. 그러면 엄마의 건강을 지킬 수 있을 줄 알았다. 그런데 왜 멀쩡하던 엄마가, 돌아가실 때 알게 된 폐암도 아니고 갑상선암이라니?

지난 주말, 돌아간 2026년의 세계에선 별다른 변화를 찾지 못했다. 주말이라고 연락하는 사람은 체육관에서 알게 된

동생들뿐이었고, 당연히 남친도 없었다. 뭐가 대체 어떻게 작동하는 건지 몰라 정신이 혼미했다.

"안 할래요. 무서워요. 제가 바뀌려고 해서 안 생겨도 될 일이 생긴 것 같아요. 내가 건강검진 받으러 가라는 말만 안 했어도…."

김윤서가 울음을 터뜨렸다. 나도 이성을 잃었다. 이렇게 꼬이면 안 되는 거였다. 그럼, 대체 나는 왜 여기에 와 있느냔 말이다.

그날 아침 운동은 혼돈 그 자체라 시작도 못 하고 끝났다. 아침밥이 목구멍으로 넘어갈 턱이 없었다. 도시락 두 개에 담긴 음식을 음식물 쓰레기통에 넣고 용기만 씻었다. 당장 엄마를 봐야만 했다.

모자와 마스크에 스포츠 선글라스까지 쓴 채로 김윤서 집의 초인종을 눌렀다. 김윤서도 하교 후 집에 있을 시간이었다. 문밖으로 엄마가 나왔다. 나는 빈 도시락통을 건네며 엄마에게 물었다.

"윤서가 엄마 아프다며 아침에 운동도 하지 않고, 학교에서도 풀 죽어 있어요. 몸은 좀 어떠세요?"

엄마는 문밖으로 나와 자신의 병세를 상세하게 이야기해 주었다.

"얼마나 다행인지 몰라요. 윤서가 건강검진 받아보라고 말하지 않았다면, 제 몸에 암세포가 자라고 있는 줄도 몰랐을 텐데, 건강검진 얘기도 선생님 덕분에 한 거라 하더라고요. 선생님 어머니가 건강검진을 안 받아서 병을 키우셨다고. 어머나, 죄송해요. 요 입방정."

엄마는 손으로 자기 입을 톡톡 때리셨다.

"아니에요. 지난 일인 걸요. 전 괜찮습니다. 그래서 어머니 상황은 어떠신가요?"

내 눈에 눈물이 그렁그렁 맺히고 흘러내리길 반복했다. 마스크를 타고 입술로 짠 눈물이 들어왔다. 나는 괜찮다. 엄마만 모르면 된다.

"초기에 발견해서 암세포 크기가 1센티미터도 되지 않는대요. 수술 날짜 잡았어요. 간단히 제거할 수 있는 수술이라고 해요. 다행이죠. 윤서한테 '네 덕분에 살았다'라고 몇 번을 얘기했는데도 울고불고… 선생님이 얘기 좀 잘 해주시면 안 될까요? 지금 집에 들어오실래요? 저녁도 드시고 가세요."

"엄…."

엄마, 엄마, 마음껏 목 놓아 부르고 싶었다. 엄마를 꼭 끌어안고 묻고 싶었다. 왜 그렇게 오랫동안 건강검진을 하지 않았냐고. 2006년에 했더라면, 이후 주기적으로 검진했더라면 지금 살아 있을 우리 엄마.

"네?"

이어지는 말이 들리지 않자 엄마가 되물었다. 목이 메어 말이 나오지 않았다. 나는 겨우 목소리를 다듬고 대답했다.

"약속이 있어요. 윤서에게 내일 아침에 보자고 전해주세요."

나는 도망치듯 뒤돌아 뛰기 시작했다. 나의 과거와 다른 과거가 펼쳐지고 있다. 엄마가 2006년에 갑상선 수술을 하시게 되었다. 아마 엄마는 이제부터라도 건강 관리에 신경 쓰실 거다. 그래, 2006년을 바꾸면 지금보다 나은 2026년이 될 것이다. 내가 흔들리면 안 된다.

다음 날 김윤서는 아침 운동에 결석했다. 게으름 때문이 아니라는 걸 알기에 전처럼 집으로 쳐들어가 깨울 수는 없었다. 학교에서도 김윤서는 나를 피해 다니는지 얼굴 보기가 힘들었다. 얘기 좀 하자고 문자를 보내도 읽씹. 수업 시간이 끝나면 부리나케 미혜 손을 잡고 체육관을 나섰다. 별수 없다. 나도 강수를 쓸 수밖에.

도망치는 김윤서의 뒷덜미를 잡았다. 옆에 있던 미혜가 깜짝 놀란 모습이었다.

"잠깐만, 여기서 좀 기다려줄래? 쌤이 윤서에게 할 말이 있어서."

나는 윤서를 연구실로 데리고 들어갔다.

"김윤서? 정신 안 차릴래? 네 덕분에 엄마 암 조기 발견했다잖아. 그럼 잘 된 건데 너 왜 예전으로 돌아가려고 해?"

"엄마가 수술해야 하는 게 잘된 일이에요? 쌤만 나타나지 않았어도 아프지 않을 수 있었던 거잖아요. 겁나요. 또 뭐가 어떻게 바뀔지."

"가만히 있다가 어떻게 됐는지 잊었어? 그러면 더 최악이야. 네 인생에 내가 경험한 과거보다 더 최악은 없다고!"

"몰라요. 나는 아직 열다섯 살이고, 내 인생의 스무 살, 서른 살은 겪지 않아서 지금이 가장 최악이에요. 아무것도 하고 싶지 않아요."

"김윤서, 이 똥고집쟁이."

김윤서가 피식 웃었다. 비웃음에 가까웠다.

"이 고집쟁이가 당신이잖아요."

35세, 김윤서

"그래, 맞아. 고집부리는 너는 20년 전의 나야. 너보다 20년을 더 살면서 깨달은 게 뭔지 알아? 사람들은 변화를 두려워한다는 거야. 살던 대로 살고 싶어 해. 더 나은 방향으로 변할지, 지금보다 더 바닥으로 떨어질지 모르기 때문이야. 주위 사람들은 나의 변화를 싫어해. '지금보다 쟤가 더 괜찮아지면 어떡하지?'라는 또 다른 두려움이 올라오거든. 변하려는 과정에 변수가 생길 수도 있어. 변화를 시도한 사람 중 다수가 변수 앞에 무너지더라. 그럼, 결국 인생이 제자리를 맴돌게 돼."

"그렇죠. 제가 처음부터 어려울 거라고 말했잖아요. 쉽다면 세상에서 왕따가 사라졌겠죠. 전 그냥 조용히 그림자처럼 살다가 고등학교만 졸업할래요."

김윤서는 여전히 냉소적인 표정으로 말했다.

"그래도 너는 나보다 나아. 변수까지 왔잖아. 나는 엄마를 잃고 나서 시작했어. 네 엄마는 지금 네 곁에 있어. 정신 차려. 엄마가 옆에 계신다고. 갑상선암 초기라서 수술하면 건강하고 오래 잘 사실 수 있어. 그리고 뭐? 조용히 그림자처럼? 너 방송할 때 살아 있는 것 같잖아? 방송도 안 할 거야? 왜 너 자신을 속여?"

이번엔 김윤서가 대꾸하지 않았다. 나는 여세를 몰아갔다.

"너, 지금 내 모습이 네 20년 뒤라면 싫다고 했지? 지금이 네 인생을 바꿀 절호의 기회야. 엄마한테 더 힘든 일은 자기 몸의 작은 종양이 아니라, 딸 마음에 박힌 못을 빼는 거야. 내 마음의 못을 빼려다가 엄마 몸이 온통 불에 타다 못해 잿더미가 됐다고. 지금 포기해 봐. 넌 고등학교도 졸업하지 못할 거고, 끔찍한 우울증을 앓을 거고, 엄마 속을 다 태울 거고, 친구 하나 없는 20대를 보내 서른다섯이 되도록 모태 솔로로 살 거야. 명심해. 가만히 있는 게 제일 위험해. 내일 아침에 보자."

나는 더 이상 김윤서의 표정을 읽지 않고 체육관을 빠져나와 교직원 화장실로 도망쳤다. 내가 살아온 시간을 부정하니 가슴이 아팠다. 여기까지 오기 위해 내가 얼마나 피눈물 흘리며 노력했는데, F라고 적힌 인생 성적표를 받아 든 기분이었다. 과거의 나를 움직여 미래를 바꾸는 일쯤은 쉬운 줄 알았다. 서른다섯까지 김윤서 삶의 인생 정답지가 내 손에 있는데, 오답 풀이까지 나와 있는데, 문제를 푸는 게 뭐가 어려울까 싶었다.

현실은 달랐다. 분명히 나인데도 내 마음대로 되지 않았다. 즐겨 찾는 웹소설 작가님이 요즘 회귀물 판타지 소설을 연재 중인데, 과거로 돌아가서 신나게 자기 인생을 바꾸는 이야기가 펼쳐진다. 작가님께 비밀 댓글을 남기고 싶다. 직접 경험해 보니 남들은 제자리에, 나 혼자만 레벨을 올리는 게 쉽지 않은 일이더라고. 변수를 잘 통제해야 하는데 이 또한 내 소관이 아니더라고.

다음 날 아침 여섯 시, 천변으로 나갔다. 오늘도 윤서가 나오지 않으면 어떻게 해야 할지 막막했다. 매일 만나던 그 자리에 윤서가 없었다. 한숨이 나왔다. 결국 주저앉는 것인가. 어쩌면 하늘에 계신 엄마가 준 기회일지도 모르는데.

'김윤서, 포기하지 마. 방법이 있을 거야.'

그때였다. 휴대전화의 진동이 울렸다. 김윤서에게 문자가
왔다.

🗨️ 쌤, 저 화장실 갔다가 늦은 거예요. 가지 말고 기다리세요.

15세, 김윤서

2학년 1학기 말 성적표가 나왔다. 1학년 1학기 말 성적은
학년 전체 100명 중 90등 정도였다. 쉬는 시간에는 항상 엎
드려 있고, 수업 때도 정신이 다른 곳으로 가 있으니 당연한
결과였다. 이번 학기 성적은 딱 중간이었다. 자존감이 조금
씩 회복되면서 수업 시간 집중도가 올라간 덕분이다. 초등학
교 때까지 내 성적은 상위권이었다. 중1 첫 시험도 반에서 10
등이었다. 그러니까 원래 공부를 못 하는 애는 아니었다는
말이다. 수학과 영어는 한번 손을 놓으니 다시 따라잡기가
어려웠다. 하지만 그 외 과목은 수업 시간에만 집중해도 중

간 성적대는 회복할 수 있었다. 여전히 반 아이들은 내게 데 면데면했지만, 언제부터인가 학교에서 숨이 잘 쉬어지고 교실에 앉아 있는 일이 불편하지 않았다.

"김윤서 축하해. 쌤들이 네 성적 많이 올랐다며 칭찬하시 더라."

"뭘요. 이게 원래 제 성적이거든요? 다들 저를 어떻게 보고 계셨길래…. 방학이니까 쌤은 본가로 돌아가세요?"

"나? 그럴 때가 아니야."

"왜요?"

"내가 여기에 와 있는 목적을 달성해야지."

"제가 어디까지 얼마만큼 변해야 해요?"

"일단 더 밀어붙여야 해. 2026년 세계에 변화가 시작됐어."

"어떤…?"

얼마 전 김윤서 쌤은 아빠와의 통화로 2026년 세계의 자신이 해외여행을 갔다 왔다는 걸 알게 되었다고 말했다. 김윤서 쌤은 서른다섯이 되도록 제주행 비행기밖에 타보지 못했는데, 미국으로 출장 겸 여행을 다녀온 사실을 듣고 여름방학 때 행복동을 벗어나지 않기로 결심했단다.

“무슨 일을 하길래 미국 출장이에요?”

“모르겠어. 아빠한테 ‘저 무슨 일해요?’라고 물을 순 없잖아. 확실한 건 내가 지금 설렌다는 거야. 너 돈 많이 벌고 싶댔잖아. 미국 출장 가는 일이라면 일단 교사는 아닐 거야.”

처음으로 이 상황이 조금 즐거워졌다.

“그리고 엄마 치료 잘 되는지도 지켜봐야 하고.”

엄마가 수술받은 지 한 달이 지났다. 재발 방지를 위해 꽤 오랫동안 약을 드셔야 한다고 들었다. 약 부작용으로 멀쩡했던 곳이 조금 안 좋아졌다고 한다. 하지만 엄마는 입버릇처럼 이만해서 다행이라고 말했다.

“나 친구 없는 거 알지? 네가 내 방학 책임져야 해.”

“제가요? 뭘 어떻게?”

“연수받는 시간, 교재연구 하는 시간, 업무처리 하는 시간 외에는 같이 운동하기.”

“지금도 매일 하잖아요.”

“아침마다 하는 운동은 기초 체력 키우기 위한 거고, 재밌는 운동 하자고.”

“재밌는 게 뭔데요?”

“복싱이랑 배드민턴.”

방학 첫날부터 운동으로 하루를 꽉 채웠다. 아침마다 천변에서 마주치는 사람들은 나와 김윤서 쌤을 보며 이렇게 말했다.

“선생님이랑 제자가 참 많이 닮았어. 얘는 체육고등학교 입학 준비하나 봐? 지치지도 않고 잘 뛰어.”

그러면 김윤서 쌤은 천연덕스럽게 대꾸했다.

“네, 얘가 체력이 좋아요.”

그러고 보니 1분만 뛰어도 숨이 턱 끝까지 차오르던 게 3월 말이었는데, 이제 한 시간이나 쉬지 않고 뛸 수 있다. 뛰면서 쌤과 대화도 나눈다.

러닝 후 쌤 집으로 돌아와 엄마가 싸준 아침 도시락을 먹는다. 그다음엔 복싱 수업이다.

“왼발 앞으로 오른발은 뒤로, 손으로 얼굴과 몸을 가드하고 앞으로 뒤로 좌우로 이렇게 움직이는 거야. 한동안 거울 보면서 자세 연습만 할 거고 그다음엔 잽, 크로스, 훅, 어퍼컷 자세 알려줄게.”

“쌤, 그런데 복싱은 왜 배워야 해요? 복싱 선수할 것도 아닌데.”

나는 입술을 쭉 내밀고 불만을 가득 담아 말했다.

“싸움 잘하라고.”

“아니 무슨, 선생님이 학생한테 싸움을 가르쳐요?”

“농담이야. 복싱이 싸우는 거라고 오해하지 마. 정정당당하게 겨루는 스포츠야. 너 살면서 누군가한테 주먹으로 맞아본 적 있어?”

“아뇨, 여자애들이 뭐 그럴 일이 있나요?”

“난 수천 번 맞아봤거든. 복싱하면서 주먹 한 번 맞아보고 때려보잖아? 그럼, 세상을 향한 두려움이 절반쯤 줄어들어. 복싱 10년쯤 했더니, 으슥한 밤길을 낯선 남자와 걸어도 두렵지 않아. 복싱을 배우면서 네가 담력을 키웠으면 좋겠어.”

오케이, 나는 수긍했다. 복싱 훈련이 끝나니 겨우 아홉 시였다. 학기 중이라면 첫 교시가 끝나지도 않은 시간이다. 쌤은 학교에 가서 연수를 받고 오겠다며 집을 나섰다.

점심을 먹고 나른하게 낮잠이 몰려왔다. 휴대전화가 요란하게 울렸다. 못 본 채 고개를 돌리고 잠이 스르르 들려는 순간, 방문이 확 열렸다.

"쌤, 어떻게 들어왔어요?"

쌤 손에는 우리 집 대문 열쇠가 들려 있었다. 엄마는 김윤서 쌤의 특훈 덕분에 내 얼굴이 밝아지고 성적도 올랐다며 암 완치 판정을 받은 것처럼 기뻐했다. 쌤한테 대문 열쇠를 복사해 주고, 현관문 비밀번호까지 알려준 것만 봐도 엄마의 신뢰가 어느 정도인지 짐작할 수 있었다. 하긴 미래에서 온 자기 딸인데, 본능적으로 믿음이 갈 법하다. 쌤 손에는 배드민턴 채 두 개가 들려 있었다.

"가자. 너, 방학 동안 내 친구인 거 잊지 않았겠지?"

쌤과 매일 달리고, 때리고, 피하고, 받아치고, 공격하며 여름을 불태웠다. 바닷가로 피서 다녀온 사람처럼 피부가 검게 그을렸다. 소리도 없이 근육이 늘고 어깨가 넓어졌다. 개학 후 선생님들은 미리 입을 맞춘 듯 내가 몰라보게 변했다며 놀랐다. 반 친구들 몇몇이 먼저 말을 걸어왔다. 1년 전, 팽지혜의 밥이 된 이후 봉오리 속에 갇혀 있던 내 인생이 조금씩 피어나고 있었다.

35세, 김윤서

배드민턴 복식 경기를 2학년 2학기 수행평가 종목으로 선정했다. 서브나 리시브 같은 기초 기술을 얼마나 잘 연습했는지, 또 파트너와의 역할 분담이나 위치 조절 및 움직임, 협동과 의사소통, 경기 이해, 전략 사용 등을 평가 요소에 넣었다. 이번 평가를 위해 방학 내내 나는 김윤서를 데리고 인적이 드문 체육관을 드나들었다. 2학기를 맞이한 김윤서는 수행평가를 위한 모든 준비가 돼 있는 상태였다.

1회 고사 전까지 기초 기술과 복식 경기 시 필요한 규칙 등을 가르쳤다. 잘 안 되는 친구들은 반에서 잘하는 친구를 찾아 도움을 요청하기 마련인데, 1학기 때는 체육부장인 팽지혜에게 몰렸다. 하지만 2학기 수업을 몇 시간 하고 나니 아이들이 윤서를 찾기 시작했다.

'김윤서 회복 프로젝트 3-2. 다른 친구를 도와주고, 친구들의 얘기를 잘 듣고 호응하라.'

'내 가르침을 기억하고 있겠지?'라는 마음을 담아 김윤서에게 눈빛을 보냈다. 윤서는 친구들이 어떤 부분을 어려워하는지 잘 듣고, 비슷한 눈높이에서 고민 해결에 적극 나섰다. 윤서의 도움으로 실력이 향상된 아이들이 체육관뿐만 아니라 교실에서도 윤서에게 조금씩 말을 건네는 모습을 포착했다. 윤서는 다른 아이들을 가르치며 실력이 더욱 향상되는 것 같았다. 팽지혜도 배드민턴 클럽에서 배운 적이 있다며 아이들 앞에서 실력을 뽐냈다. 몇몇은 팽지혜에게 줄 서서 배웠다.

드디어 최종 평가 날이 왔다. 번호순과 실력 차를 고려해 내가 평가팀을 임의로 구성했다. 토너먼트식으로 진행하고, 경기승점이 수행평가 성적에 일부 반영될 것이다. 아이들은 승점이 아니더라도 경기에 진심이다. 승리의 쾌감을 거부할 사람은 없으니까.

예선전 수준의 경기는 이미 전 시간에 끝났다. 오늘은 최종 우승을 가리는 경기다. 예상대로 김윤서 팀과 팽지혜 팀이 맞붙었다. 팽지혜와 실력 차이가 크지 않은 홍진서를 일부러 같은 팀에 배정했다. 두 사람은 이미 자기들이 우승을 차지한 듯 초반부터 의기양양했다. 하지만 나는 두 사람 사이에 흐르는 팽팽한 기운을 예선전에서부터 감지했다. 공을 독점하려는 욕심 때문에 서로의 채가 부딪쳐 다칠 뻔한 일도 있었다. 이미 계획은 섰고, 실행만 남았다. 아이들은 내 예상 범위 안에서 움직일 것이다. 서른다섯이 열다섯을 상대하는 만큼 좀 더 친절하고, 정확하고, 치밀해야 한다.

나는 이미 김윤서의 실력이 팽지혜의 그것 이상임을 알고 있었다. 윤서는 수업 시간에 최선을 다하지 않았다. 상대에게 처음부터 내 패를 다 보일 필요는 없다. 반년 넘게 아침마다 한 시간씩 달리며 키운 근지구력, 방학부터 지금까지 복싱 훈련으로 키운 민첩성과 유연성, 기타 등등의 힘. 한 달 넘게 일타 체육 강사에게 받은 배드민턴 훈련으로 다져진 김윤서였다. 오늘은 모든 역량을 터뜨리는 날이다. 나는 미리 윤서에게 주의 사항을 알려주었다.

"네가 이길 거야. 넌 혼자서도 두 사람이 보내는 공을 다 받아낼 수 있어. 하지만 배드민턴 복식 경기는 파트너와의 호흡이 중요해. 짝이 칠 수 있을 것 같은 공은 그쪽에서 칠 수 있도록 도와줘. 그리고 상대방이 실수하더라도 잘했다고 격

려해 줘. 손을 마주치며 틈틈이 서로에게 힘을 넣어주고. 실력 발휘하되 파트너를 배려하는 거, 명심해!"

초반부터 양쪽이 한 번씩 왔다 갔다 하며 점수를 올렸다. 예상과 달리 팽지혜와 홍진서도 만만치 않았다. 내가 팽지혜의 실력을 낮게 본 것이다. 경기에서 지면 내 계획이 어긋난다. 손에 땀이 찼다. 수행평가 최종 성적에는 승점뿐만 아니라 수업 과정의 태도도 반영되기 때문에 윤서가 높은 점수를 받을 수 있다. 하지만 윤서를 향한 괴롭힘의 기세를 완전히 꺾으려면 이번 경기에서 윤서가 이겨야 한다.

2세트 결과, 1 대 1 무승부였다. 경기가 3세트로 이어졌다. 비슷해 보이던 두 팀의 실력이 3세트에서 벌어졌다. 그간 윤서가 쌓아온 체력이 빛을 발했다. 팽지혜와 홍진서는 힘이 달리는지 실수를 연발했다. 윤서와 같은 팀인 아영이도 체력이 달리는 건 마찬가지였다. 하지만 윤서의 체력이 한참 남아 있었다. 아영이가 실수해도 북돋아 주었고, 그런 신뢰가 아영이 내면의 힘을 끌어올린 것 같았다. 마지막 세트에서 윤서 팀이 큰 점수 차로 이겼다. 윤서와 아영이는 서로 끌어안고 기뻐했다. 아이들 절반 이상이 윤서와 아영이를 둘러싸고 축하해 주었다.

그때 체육관 바닥에 요란한 소리가 들렸다. 팽지혜가 라켓을 집어 던진 것이다.

"2세트 때 네가 그 공만 받아 쳤어도 우리가 이겼어!"

팽지혜가 홍진서에게 소리를 질렀다.

"야, 너 무슨 소리야? 내가 쳐야 하는 공인데 네가 욕심내서 앞으로 튀어나오는 바람에 내가 뒤로 빠졌고, 그 공을 네가 못 받은 거잖아."

홍진서가 짜증 섞인 목소리로 대거리했다.

"그럼, 네가 '마이'라고 소리치고 치지 그랬어?"

팽지혜가 지지 않고 말을 이었다.

"내가 그때 앞으로 나왔으면 너랑 부딪쳤을 거야. 너 지금 눈이 정상 아닌 거 몰라? 파트너에 대한 배려는 눈곱만큼도 없고, 저만 잘났어."

"야, 너 돌았냐? 눈에 뵈는 게 없어?"

두 사람의 몸이 부딪치기 직전에 내가 가운데를 막아섰다. 경기 후 과열된 분위기가 자칫 싸움으로 이어지는 일이 이따금 생긴다. 나는 전체 학생들을 상대로 스포츠맨십에 대해 일장 연설을 했다. 속으로는 승리의 미소를 지었다. 결국 내가 바란 상황이 벌어졌다.

경기 후 윤서와 같은 팀이었던 아영이가 윤서의 배려 깊은 말과 행동을 여기저기 퍼뜨렸다. 윤서를 보는 아이들 시선의 변화, 전보다 부쩍 집중력이 높아진 수업 태도, 나날이 단단해지는 신체 등 여러 가지 이유로 윤서의 어깨가 펴졌다. 윤서는 계속 미혜를 챙겼다. 더 이상 아이들은 윤서와 한 팀이 되는 걸 꺼리지 않았다.

윤서와 함께 모둠원이 된 미혜를 윤서가 충분히 잘 이끌어 팀원 점수에 부정적인 영향을 끼치지 않을 거라는 신뢰가 생겼다. 게다가 윤서가 상대 이야기를 잘 들어주고, 팀 활동 때 부딪치는 면을 원만하게 잘 풀어갈 거라는 보이지 않는 믿음도 영향을 주었다.

한편, 팽지혜와 홍진서는 서로를 탓하다가 서먹해진 듯했다. 전처럼 단짝으로 붙어 다니지 않았다. 홍진서는 동방신기 팬클럽을 빠져나와 SS501 리더인 김현중 팬이 되었다. 홍진서 외에 팽지혜 패밀리였던 다른 아이들마저 SS501 팬으로 돌아서면서 팽지혜가 소외되었다. 단지 좋아하는 오빠들이 바뀐 게 다가 아니다. 팽지혜의 무례함과 대장질을 더 이상 참지 않겠다는 표현일 것이다.

　어느 날 아침, 나는 화장실에 숨어 담배 피우는 아이들을 현장에서 잡기 위해 나섰다. 내 움직임을 파악한 홍진서 무리 중 하나가 신호를 준 것 같았다. 화장실에서 짐짓 아무 일도 없었던 듯 빠져나오는 홍진서 무리를 나는 모르는 체했다. 홍진서가 빠져나온 화장실로 들어가니 가운데 칸에서 담배 연기가 피어오르고 있었다. 나는 그 옆 칸에 들어갔다. 변기 뚜껑을 밟고 위로 올라서서 연기를 내뿜는 팽지혜와 눈을 마주쳤다.

　"현장 적발, 문 열어."

　팽지혜는 교내 흡연을 인정할 수밖에 없었다. 하지만 혼자 징계받는 게 억울했는지 같이 피운 아이들의 이름을 줄줄이 털어놓았다. 내가 아까 본 홍진서 무리였다. 그 아이들을 팽지혜 옆에 나란히 불러 세웠다. 아이들은 홍진서와 미리 입을 맞췄는지 그런 일 없다며 딱 잡아뗐다.

　"야, 너희 좀 전까지 나랑 저기서 같이 피웠잖아. 왜 거짓

말이야?”

팽지혜는 가슴을 치며 답답해했다.

“너 왜 그래? 너 혼자 징계받는 게 아무리 억울해도 그렇지, 사실도 아닌 일로 상대를 모함하냐?”

홍진서가 대표로 말했다.

“와, 너 진짜 인성 쓰레기구나.”

“나? 지금 네가 내 인성을 평가했어? 네가?”

홍진서는 무리의 아이들과 눈을 마주치며 비웃었다.

팽지혜는 이미 흡연으로 교내 봉사 처분을 받은 적이 있었다. 이번 징계는 사회봉사였다. 팽지혜가 사회봉사를 다녀온 이후 누구도 팽지혜와 말을 섞지 않았다. 초등학교 때부터 팽지혜와 단짝이던 오은지마저 홍진서 쪽으로 넘어갔다. 포식자가 먹이사슬의 맨 아래로 떨어지는 건 순식간이었다.

8

DJ 새벽숨의 감성주파수입니다

15세, 김윤서

미혜와 친해지며 미혜의 특징을 알게 되었다. 변화에 즉흥적으로 대응하는 것이 어렵기 때문에 불안한 마음이 깔려 있었다. 다행히 불안을 통제하기 위한 자기만의 규칙이 있었다. 이를테면 이런 식이다. 급식을 먹을 때 왼쪽부터 순서대로 담긴 반찬을 먹는다. 급식소의 특정 자리에만 앉으려고 한다. 특정 상표의 같은 색깔 펜만 쓴다. 하루 일과표를 만들어 놓고, 정해진 대로 생활하는 것을 선호한다.

한 번은 급식 시간까지 가지고 있던 장갑 한 짝을 잃어버렸다며 미혜가 밖으로 나갔다. 잠시 후 반 아이들 몇몇이 창밖을 보며 웃는 소리가 들렸다. 아이들에게서 멀찍이 떨어져 아이들이 바라보는 쪽을 살폈다.

미혜가 기는 듯한 모습으로 바닥을 살피고 있었다. 미혜만의 규칙이 작동 중일 테다.

"김윤서, 네가 가서 좀 말려봐."

"응? 어, 어."

아영이가 내 어깨를 툭 치며 말했다. 실은 조금 부끄러웠다. 이상한 모습이라는 걸 생각조차 하지 못할 미혜가, 그리고 그런 미혜와 내가 공식 절친이라는 게. 하지만 이 순간 미혜가 어떤 감정일지 짐작할 수 있었다. 물건을 잃어버린 불안이 보통 사람의 그것보다 훨씬 클 것이다. 남들에게는 융통성 없는 행동이 우스꽝스러워 보일 테지만, 미혜는 저렇게 하지 않으면 더 불안해진다.

나는 급식소 뒤편을 살폈다. 복도에 떨어진 장갑을 주워 짓궂은 누군가가 바깥으로 던졌을 거란 예감이 들었다. 미혜는 아직 옷이나 가방 등 착용하는 아이템 느낌이 초등학생과 비슷하다. 누가 이런 걸 가지고 다녀? 동생 거 들고 왔어? 이런 느낌이 든다면 미혜의 것이었다. 그걸 알고 의도적으로 못된 짓을 하는 애들이 있다. 예전에 미혜 가방을 잃어버렸다가 찾았을 때도 의심 가는 애가 있었다.

급식소 뒤 창가 아래쪽에서 미혜 장갑을 찾았다. 나는 운동장으로 달려가 여전히 바닥을 기고 있는 미혜를 향해 소리쳤다.

"미혜야, 내가 찾았어!"

미혜는 벌떡 일어나 소리가 나는 쪽을 바라보았다. 내가 장갑을 흔들어 보였다. 미혜는 몸을 일으켜 내 쪽으로 달려왔다. 장갑 한쪽을 내 손에 껴 보았다. 미혜의 손은 작았다. 마르고 작은 줄 알고는 있었지만, 새삼 연약해 느껴졌다. 달려온 미혜의 손에는 나머지 한쪽 장갑이 끼워져 있었다. 아직 장갑을 껴야 할 만큼 추운 계절이 아닌데도 장갑을 끼는 아이, 그런 미혜를 지켜주고 싶다는 생각이 들었다. 나 하나도 건사하기 힘들던 마음속에 지켜주고 싶은 친구가 생겼다는 걸 엄마가 알면 얼마나 기쁘고 기특하실까. 김윤서 쌤도 놀라시겠지. 나중에 나는 어떤 사람이 될까? 미혜는 어떤 어른이 될까? 20년 뒤 김윤서 쌤의 휴대전화 연락처 목록에 미혜가 있을지 궁금하다.

"방에 불 꺼놓고, 모니터 불빛만으로 얼굴 비추는 여러분 안녕하세요. 이 시간은, 목소리가 악기 소리보다 앞서는 사람들을 위한 시간입니다. 전국에 혼자 있는 방들을 위한 방송, 여긴 숨소리까지 음악이 되는 시간, DJ 새벽숨의 감성주파수입니다."

여전히 나는 밤 열한 시에 세이캐스트를 연다. 방송을 위해 음악을 선별하고, 대본을 고민하고, 청취자와 대화하는 시간이 하루 중 가장 행복하다. 전과 달라진 거라면 방송에서 가끔 운동 이야기를 한다는 것이다.

"오늘 오프닝 멘트 때 '악기 소리보다 목소리가 앞서는 사람들'이라고 말해서 무슨 이야기인지 궁금하죠? 가끔 그런 생각을 해요. 반주 없이 그냥 한 사람의 목소리만 들려줘도 울컥할 수 있을까? 오늘은 그런 노래들만 골랐습니다. 첫 곡은 거미의 '그대 돌아오면'입니다."

첫 곡을 들으며 댓글 창을 확인했다.

　⌐ 중2는죄가아님: 선곡이 하나같이 내 스타일, 이 방송 왜 안 뜨

는 거죠? 새벽까지 해주세요. 제발요.

　⌐ 초코우유: 중2 님, 새벽숨 님 아침 여섯 시부터 운동하셔서 방

송 시간 옮기셨어요. 새벽숨 님 방송 오랫동안 들으려면 우리가

욕심내면 안 돼요. 새벽숨 님의 체력과 건강을 지켜드려야죠.

　⌐ 중2는죄가아님: 아, 죄송해요. 제 생각만 했네요. 선곡과 멘트

가 너무 좋아서.

　⌐ 초코우유: 그래서 저는 1년 넘게 한 번도 빠지지 않고 들어오고

있어요. 중2 님 자주 봬요. 저도 중2입니다.

초코우유 님이 나와 같은 학년인 걸 이날 처음 알게 되었다.

"다음 곡은 가창력은 당연하고요. 가슴이 절절해지는 목
소리예요. 내년 봄에는 제게도 설레는 일이 생길까요? BMK
입니다. '꽃 피는 봄이 오면'."

초코우유 님이 내가 한 말을 반복했다. 내 말을 따라 하는 건지, 자신을 향한 물음인지, 내게 답을 구하는 말인지 알 수 없었다. 마지막은 에픽하이의 'Fly'로 마무리했다. 처음으로 한 힙합 선곡이었다. 랩 사이사이 울리는 보컬에 집중할 때 청취자 중 누군가가 실수로 마이크를 연결했는지 지지직 잡음과 함께 "너를 구한 사람은 너 자신이야"라는 말이 희미하게 들렸다.

'어쩌지? 방송사고가 났는데?'

나는 서둘러 초코우유 님께 메시지를 보내 이상한 소리를 들었느냐고 물었다. 다행히 내게만 들린 소리였던 것 같다. 나는 놀란 가슴을 쓸어내리며 마무리 멘트를 준비했다.

화면 속 닉네임을 바라보는 시간은, 여전히 혼자지만 혼자라는 생각이 들지 않는다. 방송을 끄고 이어폰을 빼면 다시 조용해지지만, 어디선가 누군가 내 목소리에 위안을 얻고 있다는 상상만으로도 조금 더 괜찮은 사람이 된 것 같았다.

35세, 김윤서

행복중학교에 발령 나서 두 학기를 보냈다. 카카오톡 프로필 사진과 내 메일함에 도착하는 메일 내용의 변화가 심상치 않았다. 2학기 1회 고사를 기점으로 2006년 김윤서의 신체 능력과 세계관이 크게 변했고, 그에 따라 2026년 김윤서의 인생에도 지각변동이 시작되었다. 최근 카톡 프로필 사진을 보면 2026년의 새로운 김윤서는 아이라인에 속눈썹까지 붙이고 발레 코어 패션을 소화했다. 행복동에 오기 전 김윤서로서는 상상할 수 없는 옷차림이었지만, 그보다 더 놀라운 건 김윤서 옆의 남자였다.

"대, 대, 대박, 이 남자 누구야? 말도 안 돼."

나는 열다섯 김윤서에게 35년 인생에서 처음 본 남친의 사진을 보여주었다.

"쌤, 괜찮은데요?"

우리는 서로 눈을 맞추고 만족의 미소를 주고받았다. 메일에는 미팅을 제안하거나, 자기네와 계약을 맺자고 하거나, 업무 추진 상황을 조율하는 내용이 주를 이루었다. 메일 내용 몇 개를 복사해 AI 앱에 물어보았다. AI가 알려준 예상 직업은 '뮤직 슈퍼바이저'였다. 나는 윤서와 함께 뮤직 슈퍼바이저라는 직업에 대해 탐색했다.

"드라마나 영화, 광고 음악을 선정하고 조율하는 일이라고요? 20년 뒤 내가?"

나보다 윤서의 눈이 더 커졌다.

"쌤, 김윤서 뮤직 슈퍼바이저라고 검색해 봐요."

윤서가 시키는 대로 해보았다. 그리고 검색 포털 사이트 화면에 뜬 정보를 믿을 수 없었다.

"이게, 내 프로필이라고?

나는 두 손으로 입을 틀어막았다. 2006년으로 돌아와 엄마를 다시 보았을 때와 비슷한 충격이었다.

"나, 이제 돌아가도 될 것 같아."

"네? 쌤 가시면 저는 앞으로 어떻게 살아요?"

"걱정하지 마. 다음 학기에 새로운 체육 선생님이 오셔도,

네가 누구와 같은 반이 되더라도 넌 이제 자신을 잃지 않을 거야."

"그걸 쌤이 어떻게 아세요?"

나는 숨을 크게 내쉬며 윤서에게서 한 발 멀어졌다.

"네 눈빛이 단단해졌어. 그리고 너도 알고 있었잖아. 내가 여기 계속 있을 수 없다는 거. 돌아가서 확인해야지. 엄마와 아빠가 어떻게 지내시는지."

"그래도…."

윤서는 아쉬운 듯 말끝을 흐리며 눈물도 한 방울 흘렸다.

"2026년의 김윤서가 어떤 사람이 됐는지 확인했잖아? 너 자신을 믿어. 남들이 무시했던 네 음악 취향과 음악방송 DJ로 쌓은 실력이 너를 어디로 데려갈지 불안해할 필요 없어. 넌 이미 알잖아. 너를 믿고 지금처럼 살아가면 돼. 쌤이랑 아침마다 천변 뛰면서 네 인생이 달라진 거 기억하지? 운동은 꼭 꾸준히 하는 거야. 약속!"

나는 윤서에게 새끼손가락을 내밀었다. 두 윤서의 손가락이 꼬리를 걸었다. 윤서를 집에 들여보내며 엄마와도 인사를 나누었다.

“어머니, 어쩌면 다음 학기에 다른 학교로 발령 날 것 같아요. 그래서 미리 인사드리러 왔어요.”

“네? 벌써 다른 학교로 가신다고요? 저는 윤서가 중학교 졸업할 때까지는 행복중학교에 계실 줄 알았는데, 아쉬워서 어떡해요? 점심이라도 드시고 가세요.”

“아니에요.”

나는 여전히 모자를 푹 눌러쓰고 마스크를 낀 채 엄마와 마주했다.

“윤서가 선생님 덕분에 새사람이 됐는데 선물도 사양하시고, 제가 뭐로 보답해야 할지 모르겠어요. 금방 준비할 테니 들어오세요.”

나는 엄마 손에 이끌려 거실로 들어갔다. 금방 김치찌개 냄새가 났다. 삼겹살을 듬뿍 넣어 끓이고 계실 거다. 상추쌈에 삼겹살과 김치를 넣어 한입 크게 벌려 먹으면 밥 두 공기도 뚝딱이다.

“윤서야, 선생님이랑 밥 먹으러 와.”

나는 윤서와 마주 보고 앉았다. 이제 마스크를 내려야 한다. 엄마는 나를 알아보실까? 조심스레 마스크를 내렸다. 엄

마는 이 순간을 기다린 사람처럼 내게서 시선을 떼지 않으
셨다.

"어어? 선생님… 어떻게… 우리 윤서랑 닮으셨어요?"

엄마가 눈을 한 번 비비고 두 윤서를 번갈아 보셨다.

"귀신한테 홀렸나? 난 왜 두 사람이 같은 사람처럼 보이지?"

엄마가 어지러운 듯 머리를 자꾸 흔들었다.

"엄마, 그렇게 빤히 보면 선생님이 밥을 어떻게 드시겠
어? 엄마는 저쪽으로 가서 텔레비전이나 보셔."

"아이고, 나 좀 봐. 죄송해요. 편하게 드세요. 저는 저쪽으
로 갈게요."

엄마가 가시자 윤서는 나를 보며 한쪽 눈을 찡긋했다. 밥
을 다 먹고 이제 진짜 마지막 인사를 나눌 시간이 되었다.
2026년 세계에 엄마가 살아 계실 거라고 믿지만, 눈에서 눈
물이 먼저 차올랐다.

"저, 윤서 어머니, 어머니를 보면 돌아가신 제 엄마 생각이
자꾸 나서 눈물이… 제 엄마라 생각하고 한 번만 안아보면
안 될까요?"

우리 엄마인데, 남의 엄마인 것처럼 말하는 내가 바보 같

았다. 엄마는 내가 가장 좋아하는 반달눈을 하며 웃으셨다.

"그럼요. 제가 안아드릴게요. 윤서랑 똑같이 생겨서 그냥 우리 윤서가 어른이 된 것 같아요."

이렇게 말씀하시더니 엄마가 나를 먼저 안았다. 몸이 덜덜 떨렸다. 어깨가 들썩거리고 다리에 힘이 풀렸다.

"엄마 생각이 많이 나시나 봐요. 저도 그 마음 알아요. 실컷 우세요. 제가 계속 안아드릴게요."

몇 분 동안 엄마한테 안겨 울었다. 엄마 품은 따뜻한데, 손은 여기에 와서 처음 잡았을 때처럼 차가웠다.

"선생님, 약속 있다고 하셨잖아요."

"응? 어, 맞아. 윤서야 고마워. 깜빡했어."

윤서가 기지를 발휘해 내가 정신을 차릴 수 있도록 도와주었다. 나는 자리에서 일어나 원룸으로 가서 짐을 챙겼다. 내 비게이션에 '우리 집'을 찍고 행복동을 벗어났다.

너를 구한 사람은 너 자신이야

내비게이션이 알려주는 대로 핸들을 움직였다. 예상대로 낯선 장소에 도착했다. 새롭게 만난 2026년의 나는 일인 가구가 살기에 딱 적당한 평수의 아파트에 혼자 살고 있었다. 마치 전생에 살았던 곳을 찾는 것처럼 발걸음이 내 집으로 나를 이끌어주었다.

짐을 풀고 집을 둘러보았다. 가구나 잡동사니가 많지 않았다. 단순함을 추구하는 것은 첫 번째 2026년을 살던 김윤서나 지금이나 마찬가지였다. 달라진 것은 집 안에 자리 잡은 가구의 품질이다. 하나같이 고가였다.

“이야, 김윤서 너, 돈 많이 벌고 싶다더니 바라던 대로 살고 있구나.”

방 한쪽에 샌드백이 세워져 있고, 그 옆에 복싱 글러브가 트로피처럼 빛나고 있는 모습만 행복동으로 가기 전과 같았다. 아파트 방송이 들렸다. 관리 사무소에서 조식 관련 안내를 하고 있었다. 조식까지 나오는 아파트에 혼자 사는 서른다섯 살 김윤서라니, 삶은 바라는 대로 이루어질 수 있다. 나, 김윤서가 그렇게 되었다.

집 구경을 일단락하고 아빠 집으로 달려갔다. 엄마가 살아 계실 때까지 우리 가족은 초록 대문 집에 살았다. 엄마가 떠나시고 마당 관리가 힘들어진 아빠는 그 집을 팔고 인근 도시의 오래된 아파트로 이사했다.

내비게이션은 또 다른 낯선 곳에 나를 내려주었다. 2026

년 내 세계의 많은 부분이 달라져 있었다. 엄마는 살아 계실까? 내 마음속 엄마의 얼굴은 돌아가신 시간에 멈춰 있다. 10년 더 나이가 든 엄마를 상상하기 힘들었다. 엄마가 계실 거야. 아니, 아닐 수도 있잖아. 안 계시면 무너질 거야. 그러니 기대하지 마. 차가웠던 엄마 손이 떠올랐다. 하지만 자꾸 커지는 기대를 접을 수 없었다.

심호흡을 크게 하고 초인종을 눌렀다. 아빠가 현관문을 활짝 열어주었다. 아빠 옆에 내 두 손을 이은 크기의 비숑 프리제가 꼬리를 흔들며 따라 나왔다. 집 안엔 엄마가 생활하고 있는 흔적을 찾을 수 없었다. 아빠께 여쭤보고 싶지만, 섣불리 꺼낼 수 없는 이야기였다.

20년 전의 나를 만났던 시간처럼 다시 만난 2026년의 새로운 내 세계도 어지러웠다. 20년 후의 나를 만난 열다섯 김윤서가 그간 어떻게 살아왔는지 알 수 없는데, 사람들을 만나 어떤 대화를 나누고, 어떻게 사회생활을 해 나갈지도 막막했다.

머리가 깨질 것 같았다. 남자친구로 추정되는 사람에게 전화가 왔다. 살면서 깊은 인연을 맺은 남자 사람은 아빠뿐이었다. 본래의 나는 남자친구와 무슨 대화를 어떻게 나누는지도 모르는 모태 솔로였다.

전화를 받았다. "자기야"라며 다정히 부르는 그의 목소리에 얼굴이 달아올랐다. 내가 모기만 한 목소리로 대답하니 아프냐고 물었다. 그래, 일단 아프다는 말로 이 시간을 모면하자. 그리고 일단 자자. 머리가 아파 견딜 수 없었다. 전화를 끊고, 깊은 단잠에 빠져들었다.

꿈속에서 나는 20년 후의 나라고 주장하는 체육 선생님을 만나 삶의 방향키를 180도 틀었다. 체육 선생님이 자기 세계로 돌아간 이듬해 봄에, 나는 처음으로 세이캐스트 애청자와 오프라인으로 만났다. 초코우유 님이었다. 근거 없이 그가 여자일 거라고 굳게 믿고 나간 자리에 꽤 괜찮게 생긴 남자애가 나와 있었다. 그때부터 초코우유와 나는 사랑과 우정 사이를 10년이나 이어갔다. 그리고 지금 그 애와 나는 결혼을 앞두고 있다.

2006년에 갑상선암을 이겨내고, 집 마당 텃밭에서 채소를 직접 키워 먹으며 유기농 건강 생활을 추구하던 신 여사는 하필 코로나가 유행하던 시기에 폐렴에 걸렸다. 폐렴이 완치되기 전에 코로나에 또 걸렸다. 그땐 코로나 초창기라 바이러스의 위력이 상당했다. 건강했던 엄마를 허망하게 잃은 아빠는 한동안 기력을 차리지 못하셨다. 아빠마저 떠날까 봐 두려웠다. 그래서 비숑인 '딸기'를 입양했다. 지금 딸기는 아빠의 아내이자 딸이자 친구다.

스마트폰 세상이 열리며 세이클럽은 위상을 잃어갔다. 세이캐스트 '감성주파수' 채널이 문을 닫은 이후에도 음악을 듣는 내 취향과 열정은 변함이 없었다. 나는 지역의 체육교육과에 입학했다. 엄마는 과거에 네 미래를 본 적이 있다며, 너는 체육 선생님이 될 거라고 말씀하시곤 했다. 안정적이면서 운동을 즐길 수 있는 직업이니 나쁘지 않았다. 하지만 내마음속에서 누군가가 소리쳤다. 운동은 취미로 하라고, 더 즐기며 잘할 수 있는 일을 찾으라고.

동기들이 임용고시 공부에 매진할 때 나는 세이캐스트로 활동한 경력을 매력적인 이야기로 엮어 영화와 드라마를 제작하는 회사에 지원했다. 인턴으로 시작해 계약직 사원을 거쳐 스물다섯 살에 정규직 직원이 되었다. 착실하게 작업하며 경력을 쌓아가던 어느 날, 회사가 내게 중요한 일을 맡겼다. 그 드라마가 세계적으로 유명해지면서 나는 그야말로 대박을 터뜨렸다. 초코는 내가 '덕업일치'의 훌륭한 모델이며, 감성주파수 시절부터 이렇게 될 줄 알았다며 안 그래도 공중에 붕 뜬 나를 구름 위까지 끌어올렸다. '초코'는 내 남친을 부르는 애칭이다.

미혜는 덕분에 자신도 '도움이 필요한 존재'가 아닌 '가치를 가진 사회구성원'으로 성장할 수 있었다고 말했다. 나는 남들보다 정직하고, 마음이 따뜻한 미혜가 좋았다. 팽지혜 무리 때문에 왕따당하던 시절, 미혜 덕분에 타인과 연결된 기쁨, 나를 신뢰해 주는 누군가의 지지로부터 오는 충만함을 되찾을 수 있었다. 미혜는 규칙적인 활동을 좋아한다. 자신이 좋아하고 잘할 수 있는 분야를 선택해 지금은 지역의 한 도서관에서 사서로 일한다.

초코와 내가 결혼까지 가게 된 데는 미혜의 역할이 컸다. 서로 솔직하지 못하고 빙빙 에둘러 말하는 초코와 나 사이에서 순수함과 솔직함으로 무장한 미혜가 "두 사람은 서로 사랑하는 사이잖아?"라고 말해 애매모호한 사이를 정리시켰다.

문뜩 행복동이 떠오른 날이었다. 그곳에서 살던 원룸 주소를 내비게이션에 입력해 찾아가 보았다. 동네가 몰라보게 달라져 있었다. 원룸 위치에는 다른 건물이 들어와 이전의 흔적을 찾을 수 없었다. 미혜를 만나 물어보았다. 우리가 같은 반이었던 행복중학교 2학년 시절의 체육 선생님을 기억하느냐고.

"체육 선생님이라면, 키 작고 무뚝뚝하던 아저씨?"

미혜의 기억이 이상했다.

"아니, 여자 체육 선생님 말이야. 나랑 이름이 똑같던."

"행복중학교에 여자 체육 선생님은 없었어."

미혜는 이런 기억이 놀랍도록 정확했다. 그럼, 대체 내가 체육 선생님이었던 기억은 뭐지? 엄마는 어디서 내 미래를 봤다는 걸까?

아무리 생각해도 앞뒤를 연결할 수 없는 이야기였다. 체육 교사인 서른다섯의 내가 20년 전으로 돌아가 내 과거를 바꾼 덕분에 다시 온 2026년의 내가 바뀌었다. 그리고 내 옆에 있는 사람도 바뀌었다. 결혼을 앞둔 남친과 절친 미혜가 있다. 그런데 미혜는 행복중학교에서 우리를 가르친 여자 체육 선생님을 기억하지 못했다. 설마, 엄마와 내 눈에만 보인 사람이었을까?

대체 어떻게 된 일인지 알고 싶었다. 집에 있는 옛날 물건을 뒤졌다. 오래된 상자 안에 초코와 주고받은 편지들이 있었다. 또 지금의 내 필체와 같은 필체의 편지도 한 통 찾았다. 편지에 스티커 사진 한 장이 붙어 있었다. 어린 나와 함께 지금의 나와 같은 듯 다른 내가 찍은 사진이었다. 내 기억 속 체육 선생님 그대로였다. 편지 내용의 대부분은 잉크가 다 날아가 알아볼 수 없었다. 겨우 한 문장을 읽어냈다.

"너를 구한 사람은 너 자신이야. 네 안의 너를 믿고 살아가."

편지 속 문장을 곱씹으며 습관처럼 라디오를 틀고 샤워를 했다. 라디오 진행자의 목소리는 평소 내가 알던 그대로였다. 가끔 잡음 사이로, 아주 짧게 숨이 들리는 것 같았다. 누군가가 오늘 하루를 끝내고 있다는 신호처럼. 나는 그것이 20년 전 나를 다시 만나게 한 존재가 보낸 신호라고 생각하기로 했다. 나는 편지 속 문장을 나직이 되뇌었다.

나를 구한 사람은 나였다. 나는 그 아이가 되고 싶었던 어른이 되었다. 내가 앞으로 할 일은 내 안의 나를 믿고 살아가는 것이다. 꿈을 꾼 것인지, 알 수 없는 힘에 이끌려 2006년으로 가서 내 미래를 바꾸고 온 것인지 모른다. 하지만 하나는 확실히 안다. 혼자 버텨낸 것 같은 힘든 하루에도, 보이지 않는 누군가가 응원의 에너지를 보내고 있다는 것.

라디오에서 받은 신호에 응답할 시간이다. 운동복으로 갈아입고 체육관으로 향했다. 붕대를 단단히 감고 글러브를 끼웠다. 링 위로 천천히 올라섰다. 인생은 한판의 복싱이다. 두

주먹과 버티는 심장만 있으면 누구나 설 수 있다. 믿을 건 나
자신의 눈과 흔들리지 않는 균형, 그리고 끝까지 물러서지
않는 마음뿐이다.

감성주파수 플레이리스트

S.E.S '달리기' (2002)

이소라 '바람이 분다' (2004)

이적 '하늘을 달리다' (2003)

거미 '친구라도 될 걸 그랬어' (2003)

박효신 '좋은 사람' (2002)

조성모 '아시나요' (2000)

강타 '북극성' (2001)

임정희 'Music is my life' (2005)

서영은 '혼자가 아닌 나' (2003)

서영은 '내 안의 그대' (2003)

거미 '그대 돌아오면' (2003)

BMK '꽃 피는 봄이 오면 (2005)

에픽하이 'Fly' (2005)

행복동
복싱클럽